小說歷史105

宮本武藏

㈥ 二天之卷

吉川英治 著

劉敏 譯

遠流出版公司

小說歷史⑯

宮本武藏——劍與禪 (六)二天之卷 (全七冊)

作　　者／吉川英治
譯　　者／劉 敏
主　　編／楊豫馨
特約編輯／孫智齡
發 行 人／王榮文
出版・發行／遠流出版事業股份有限公司
臺北市汀州路三段184號七樓之5
郵撥／0189456-1　電話／2365-1212
傳眞／2365-7979・2365-8989
著作權顧問／蕭雄淋律師
法律顧問／王秀哲律師　董安丹律師
排　　版／正豐電腦排版有限公司
1998年3月1日　初版一刷
1998年5月30日　初版三刷
行政院新聞局局版臺業字第1295號
售價：新台幣280元(若有缺頁或破損，請寄回更換)

ISBN　957-32-3437-8 (一套・平裝)
ISBN　957-32-3443-2 (第六卷・平裝)

YLib遠流博識網
http://www.ylib.com.tw　E-mail:ylib@yuanliou.ylib.com.tw

出版緣起

王榮文

歷史小說是以歷史事件和人物為素材，尋求它的史實，捕足它的空隙，編織而成的小說。

透過具有歷史識見和文學技巧的歷史小說家，枯燥的史料被描摹成了動人的筆墨。我們看到人物在歷史的舞臺上鮮活過來，栩栩如生，我們也看到事件在歷史的銀幕上鉅細靡遺，歷歷如繪。讀者所期盼的歷史知識和小說趣味都因此而達成了。

歷史小說的寫法彈性甚大。從服膺歷史的眞實、反對杜撰、史料的選擇和運用一再審愼考慮而趨近史家考證的一派，到僅僅披上歷史的外衣，而以主題濃厚、節奏明快見長的這一派，歷史小說的範圍可以說十分遼闊。但大體上，它包含了歷史的眞實和文學的眞實，而以小說的形式呈獻在讀者的面前，構成既在歷史之中，又在歷史之外的微妙境界。

我國的歷史小說，是有長遠傳統的，《三國演義》就是其中最著名的一個例子，胡適認為它是一部絕好的通俗歷史，在幾千年的通俗教育史上，沒有一部書比得上它的魔力。

在近代日本，從盡其可能達到歷史境界的明治時代文豪森鷗外，到近年來大眾文學傾向濃厚的司馬遼太郎、井上靖、黑岩重吾等，眞可說是名家輩出，這其中還包括了菊池寬、芥川龍之介、吉川英治、山岡莊八、新田次郎……等大家。而歷史小說的興盛至於蔚為風氣也給讀者大眾帶來了深遠的影響。

由於歷史小說的深遠影響，它的出版便成了極具意義之事。數年前，我們曾經出版了一套包含《三國演義》在內的「中國歷史演義全集」，受到廣大讀者的歡迎。如今，我們在出版歷史讀物（柏楊版資治通鑑）和小說讀物（小說館）的同時，再接再厲，策畫出版一系列的「小說歷史」，這一次，我們企圖以日本的歷史小說為主，更廣泛地為讀者蒐羅精采動人的歷史小說。

我們期望採取一個寬廣的態度，與讀者一起從小說出發，追尋它與歷史結合的趣味。

目錄

(六) 二天之卷

宮本武藏

㈥

二天之卷

二天之卷

武藏在屏風上留下一幅武藏野之秋。朝陽代表武藏一顆赤忱之心，故塗成朱紅色。其餘則以墨水濃淡來表現秋天空曠的原野。

後來酒井忠勝坐在屏風前拱手觀畫，沈思良久，最後嘆了一口氣說：

「哎！縱虎歸山了。」

衆口

1

早飯前先做學問，白天視察藩務，有時留駐江戶城內，鍛鍊武藝。晚上則與年輕武士閒話家常。這便是忠利的生活。

「怎麼樣？最近有無趣事？」

每次忠利這麼問，家臣們總是輕鬆地回道：

「是啊！有這麼一件事。」

大家藉此引出話題。雖然不忘禮節，但就像一家人，氣氛融洽。主從關係不容忽視，忠利在公務上要求甚嚴。但是晚飯後，他喜歡穿著便服，與住宿城內的武士們話家常，如此不但放鬆自己，也可拉近與部下間的距離。

再加上忠利還年輕，更喜與年輕人打成一片，藉此瞭解民情世事，這比起早課，更是一門活學問。

「岡谷！」

「在。」

「聽說你的槍術進步了？」

「的確進步了。」

「哪有自己誇自己的！」

「大家都說我進步，如果我再謙虛，不是落得說謊之嫌？」

「哈哈！說得臉不紅心不跳。好！下次讓我看看你到底進步多少？」

「我期待能早日派上戰場，可是一直沒有戰爭的跡象。」

「沒有戰爭才好呀！」

「少主人可聽過最近的流行歌謠。」

「什麼歌謠？」

「——槍手滿天下，岡谷五郎次第一。」

「你亂唱。」

忠利笑著說。

大家也都笑了。

「那首歌應該是這樣吧——名古谷山三排第一——」

「哎呀！原來您知道？」

「當然！」

忠利本想與部下多談一點，好探知民情，卻謹言愼行，改變了話題。他問道：
「平常你們多少人練槍？多少人練刀？」
在場七人當中，有五個人回答：
「在下練槍。」
只有兩人回答練刀。
忠利又問：
「爲何練槍？」
大家一致回答：
「因爲在戰場上，槍比刀有用。」
又問：
「那麼，練刀的人呢？」
練刀的兩個人回答：
「因爲刀不管平時或戰時都有用。」

2

槍有用？抑是刀有用？

這個問題經常引起爭議。練槍人持的意見是：

「平常的雕蟲小技，在戰場上不管用。只要手持得住，武器是越長越好。尤其槍有三益：能刺、能撲、又能打。而且打鬥時，即使槍柄斷了，仍可當刀來使用。大刀則不行，刀彎了就不能用了。」

認爲刀有用的人則說：

「戰場並非武士活動的唯一場所。行、住、坐、臥，刀經常帶在身上，是武士的靈魂。因此，練刀等於是磨練魂魄。雖然用在戰場上略遜一籌，但它本來的含意便是磨練武士的心志。如果刀法能貫通武道的眞髓，其理亦通於槍術，也就是以一變應萬變的道理。」

這種議論總是沒有結論。忠利不偏袒任何一方，卻對著剛才贊成練刀的松下舞之允說道：

「舞之允，剛才你說的不像是你的論調，你跟誰學的？」

舞之允認眞答道：

「不，是我自己的論調。」

忠利卻識破他的謊言：

「不可能，我聽得出來。」

舞之允只好承認：

「老實說——有一次我受邀到岩間角兵衛先生位在伊皿子的住處。當時也出現相同的爭議，寄居該處的佐佐木小次郎贊成練刀較好。他的言論正好與我的意見吻合，我才會把他的說詞當作自己的想法說出來，並無欺騙大家的意思。」

忠利聽了苦笑：

「你看！我說的沒錯吧！」

說完，他突然想起藩裏有一事尚未解決。

以前岩間角兵衛曾向他推舉佐佐木小次郎，到現在他還沒決定是否要聘用此人。

雖然角兵衛向他推薦時曾說：

「雖然小次郎還年輕，但也得二百石以上才聘得了他。」

但是問題不在這筆高餉。

養一個武士談何容易？尤其是新人，更得三思而行。忠利的父親細川三齋也經常耳提面命。

第一是人；第二是和。再怎麼需要這個人，也要顧慮到細川家能有今日，也是世代功臣累積的成果。

一個藩所，就像一座石牆。不管多巨大的石頭，質地有多好，如果它無法與其它石頭砌在一起，就無法使用。一個無法與他人和睦相處的人，即使再優秀也不能成爲藩裏的一員。

天下之大，有很多偉材巨石，卻被埋沒於荒郊野外。

尤其是關原戰後，人數更不勝數。然而，大部分的將軍所擁的是隨時都可嵌入任何石牆的石頭。如果碰到較奇特的石頭，不是稜角太多，就是無法妥協，無法立刻用在自己藩裏。

在這一點上，小次郎不但年輕且武功高強——有足夠的資格官仕細川家。

何況，他尚未成爲一塊石頭，還是塊璞石。

3

細川忠利一想到佐佐木小次郎，內心自然會聯想到宮本武藏。

他從老臣長岡佐渡口中第一次聽到武藏的名字。

佐渡在一次君臣言歡之時，突然對忠利說：

「最近我看中一位奇特的武士……」

並談到法典草原開墾的事情。後來佐渡從法典草原歸來時，嘆了一口氣：

「可惜，武藏已不知去向！」

但是忠利仍不死心，堅持一定要見此人。

「天下無難事，只怕有心人。你多留意，一定找得到他。」

忠利心中不知不覺地將武藏拿來與岩間角兵衛推薦的佐佐木小次郎相比。

依佐渡之言，武藏除了武術精湛之外，也能於山野村落教導人們開墾農地，教導農民自治能力。是一位富有經營策略，不可多得的人物。

另一方面，岩間角兵衛則強調佐佐木小次郎出自名門，對劍法研究深入，且精通兵法。年紀輕輕就自創巖流劍法，可知此人絕非一般等閒之輩。除了角兵衛的誇獎外，最近小次郎的劍名在江戶到處可聞。大家都在傳說——

隅田河岸，佐佐木小次郎輕鬆地斬殺四名小幡門人。

在神田川的堤防上，連北條新藏都難逃他劍下。

相對於此，武藏卻一直沒沒無聞。

數年前，武藏在京都的一乘寺獨自與吉岡門下幾十人決鬥獲勝。後來有人反駁此說，說這只是一時的謠言。

「那是捏造出來的。」

也有人說：

「武藏只會沽名釣譽。平常看似厲害，一碰到狀況，卻逃到叡山躲藏起來呢！」

即使他有再好的表現，還是有人扯他後腿。因此，沒多久他的劍名也被抹消了。

總之，不管武藏到哪裏，惡評便跟到哪裏。再不然就是劍名被人抹殺。連劍士之間，甚至沒有武藏存在的空間。

再加上他出生於美作鄉深山，只是一個沒沒無聞的鄉士之子，誰會去注意他？雖然尾張的中村這個小城鎮，出了一個鼎鼎有名的秀吉，世人還是以階級爲重，以家世背景爲取人標準。

「對了。」

忠利拍著膝蓋，想到一個點子。他環視座上的年輕武士，詢問是否有人見過武藏？

「在座各位，有誰認識武藏？或聽過他的傳言的？」

大家互相看著對方：

「武藏？」

「最近街頭巷尾到處都在談論武藏，我們只是聽過他的名字。」

年輕武士們幾乎都知道這件事。

4

「哦？爲何大家都在談他？」

忠利瞪大眼睛。

「因爲告示牌上寫著他的名字。」

一位森某的年輕武士說道：

「我看到有人抄下告示牌上的文字，覺得好玩，也順手抄了下來。少主人，我念給您聽吧！」

「好！」

「就是這個——」

森某打開一張紙，念著：

宮本武藏，你竟然背著我們逃跑，特此向你召告。

大家聽了吃吃地笑。

忠利認眞地問：

「只有這些嗎？」

「不，還有。」

森某又繼續念道：

本位田家的老太婆正在找你報仇，我們也有兄弟的仇要報，如果你再藏頭縮尾，就不配當個武士。

說完，補充道：

「這是一個叫做半瓦彌次兵衛的手下所寫的。而且到處張貼。由於措詞念起來像是無賴漢，因此，大家都覺得有趣。」

忠利苦著臉。這簡直跟自己心目中的武藏相差太遠。彷彿受到唾棄的不只武藏而已，還有自己的愚蠢也受到嘲笑。

「嗯……武藏是這種人嗎？」

忠利仍不放棄最後一絲希望。

大家聽了，異口同聲回答：

「聽說他只是一名無聊男子。」

也有人說：

「我看他是個膽小鬼。被一般老百姓如此侮辱，他還是不敢出面。」

鐘響了，年輕武士隨之退席。忠利上牀之後仍在想此事。他的想法與一般人不同。

「眞是個有趣的傢伙。」

他甚至如此認爲。對武藏的深思熟慮感到興趣。

翌日清晨，照例在書齋念完早課，走到屋外透氣。剛好在院子裏碰到長崗佐渡。

「佐渡！佐渡！」

老臣聽到他的呼喚，回頭謹愼地行了朝禮。

「後來，你有沒有特別留意那件事？」

問題來得太突然，使得佐渡瞪大眼睛。

忠利又補一句：

「是武藏的事。」

「是！」

佐渡低著頭，忠利道：

「無論如何，找到他之後立刻帶來見我，我想見這個人。」

同一天——

下午時刻，忠利出現在弓箭場。早先就在靶場等候的岩間角兵衛立刻向忠利遞上小次郎的推薦書。

忠利一邊拉弓一邊說道：

「我忘了這事。找個時間，把小次郎帶到弓箭場來。我要看看他是否能夠勝任。」

蟲鳴

1

這裏是伊皿子坡的中段，岩間角兵衛的私宅坐落在此。

小次郎的住所，就是這紅門宅第內的獨棟小屋。

「有人在嗎？」

訪客上門。

小次郎坐在屋內，靜靜凝視著他的愛劍——

曬衣竿

他託屋主角兵衛請出入於細川家的廚子野耕介幫他磨這把劍。

這中間卻發生了一件事。

因爲小次郎託耕介磨劍之後，卻與耕介家的關係越來越惡劣。小次郎請岩間角兵衛去催促，今早耕介把劍送了過來。

小次郎心想——

劍一定沒磨。

他坐在房內，拔出劍一看——沒想到劍不但磨好了，而且，沈積百年猶如深淵之水般蒼黑的鐵銹，已磨得光亮，閃爍著耀眼的光芒。

本來劍上的斑斑點點，現已完全消失。沾了血跡的部分，磨過之後，猶如一輪朦朧的月亮，美麗動人。

「簡直像一把新鑄的劍！」

小次郎看得出神。

這棟小屋位於月岬高台。從這裏可遠眺品川海邊的景色，也可望見從上總海岸湧向天際的雲海。現在，這些景色全部映在小次郎手中的刀刃上。

「有沒有人在家？小次郎先生在嗎？」

外頭的聲音停頓了一下，又繞到後面柴房叫門。

「什麼人？」

小次郎收刀入鞘：

「我小次郎在家，有事請從正門進來。」

屋外的人立刻說：

「他在家呀！」

阿杉婆和一名大漢出現在門口。

「我還以爲是誰呢？原來是老太婆。天這麼熱，您可眞勤快。」

「待會兒再招呼，先讓我們洗洗腳。」

「外面有一口井。這裏是高地，所以井非常深，得小心一點。這位大漢，老太婆跌下去就慘了，你陪她去吧！」

那位大漢是半瓦家的下人，帶阿婆來到此地。

阿杉婆在井邊梳洗乾淨，才進了屋子，與小次郎打過招呼。陣陣涼風吹得老太婆瞇起眼睛：

「這房子眞涼快，住在這麼舒服的地方，人都要變懶了。」

小次郎笑著說：

「我可跟您兒子又八不同。」

老太婆聽了訕訕然，眨了眨眼，說道：

「對了！我沒帶什麼禮來，這是我手抄的經文，有空時多念誦。」

說著，拿了一本《父母恩重經》出來。

小次郎以前已經聽過老太婆的悲願，所以瞄了一眼。

「對了！」

他對著阿杉婆背後的大漢說：

「上次我寫的告示牌，你是否已經到處張貼了？」

2

大漢身子向前微傾：

「是不是寫著『武藏快出來，如果再藏頭縮尾，就不配當一名武士』的那張告示牌？」

小次郎用力點頭：

「沒錯，已經張貼在各十字路口了嗎？」

「我們花了兩天時間，貼在最醒目的地方，師父您還沒見到？」

「我不必看。」

老太婆也插嘴：

「今天我們來此途中，也看到告示牌了。人羣黑壓壓地圍著看，還議論紛紛呢！我在一旁聽得心情愉快極了。」

「如果武藏看到而仍避不出面，那他等於失去武士資格，貽笑大方。老太婆您的怨恨也算有個了結了！」

「什麼話？武藏臉皮太厚，任人怎麼取笑也不痛不癢。我老太婆才不會就此善罷干休呢！」

「呵呵……」

小次郎看老太婆如此執著，笑出了酒窩。

「不愧是您老太婆，不因年老而失去鬥志。眞令人敬佩。」

一番加油添醋後，又問：

「今天您爲何來此？」

老太婆表示沒什麼大事。因爲自己寄宿半瓦家也有兩年多了。本來自己就無意久留，更不想讓這些男人照顧。剛好鎧渡附近有人在出租房子，她打算租一間，一個人住。

「您認爲如何？」

老太婆與小次郎商量：

「看樣子武藏不容易露臉。我知道兒子又八一定在江戶，卻不知他在哪裏？所以我想叫家裏人寄錢來，就在這裏租個房子住。」

小次郎無異議，認爲這樣也不錯。

事實上，小次郎因一時的興趣利用了這些人，但最近他已經很厭煩跟這羣人打交道。他認爲要事辦完之後，不宜再深交下去，因此他幾乎不再到半瓦家指導劍術了。

小次郎叫岩間的家僕從後院採來西瓜，請客人吃。

「如果得知武藏的下落，要趕緊派人通知我。最近我很忙，可能無法與你們常見面。」

天黑之前，小次郎便把兩人打發回去。

老太婆一走，小次郎立刻打掃屋子，並汲來井水，撒在庭院裏。

山芋和牽牛花的藤蔓，從牆邊一直攀沿到洗手台上。

白色的花朵，迎風搖曳。

「今晚，角兵衛可能又要外宿了吧？」

小次郎躺在房內望著蚊香嬝嬝的白煙。

房內不需點燈。即使點了，也會被風吹熄。過了不久，月光從沙灘移至他窗前，照在他臉上。

就在此刻……

有一名武士打破坡下墓地的圍牆，混入伊皿子坡的崖上。

3

岩間角兵衛每次都騎馬到藩裏，回來時便把馬寄在坡下。

此處的寺廟前有家花店，老闆每次看到角兵衛便會出來幫他牽馬。

然而，角兵衛今天回到花店卻沒見到老闆，便自顧將馬繫在後院的樹幹上。

「噢！客倌您回來了？」

老闆這時才從寺廟後的山上跑了下來，接過角兵衛手中的韁繩。

「剛才有一個武士舉止怪異，竟然打破墓地的圍牆，爬到無路可行的懸崖上。我告訴他此路不通，他竟然對我面露兇相，接著便不知去向了。」

沒人發問，這個老闆卻越說越多：

「這種人是不是最近經常侵入大將軍家的盜賊呀？」

老闆驚魂未定，抬頭望著黃昏下的幢幢樹影。

角兵衛不受他影響。雖然謠傳有盜賊入侵大將軍家，但細川家根本沒遇上過，何況身為大臣也不可能自暴其短，便說：

「哈哈哈！那些只是謠言罷了。混到寺廟後山的盜賊不是小偷就是經常在街上打架鬧事的浪人。」

「可是，因爲這裏位於東海道的出入口，有些逃亡的傢伙經常趁黑打劫。所以傍晚看到可疑的人，整晚都無法安寧。」

「如果出了事，盡管來找我。住在我家的客人一直希望有擒賊的機會。但一直空等待，每天枯坐屋內呢！」

「是佐佐木先生嗎？聽說他不但人品優雅，手法也很俐落。這附近一帶對他頗有好評。」

聽到讚美小次郎，岩間角兵衛高興得趾高氣昂。

他喜歡年輕人。尤其目前的風氣使然，家裏養個年輕有爲的青年，被認爲是高尚的美德。因爲要是有朝一日天下發生戰事，立刻可將家中的年輕人送到君主馬前效命。除此之外，也可推薦家中出類拔萃的男子給主家，不但可以奉公，也可扶植自己的勢力。

對於主家來說，當然不喜歡自私自利的臣下。然而在細川家這種大藩所裏，完全捨棄自我利益的也沒幾個人。

雖說岩間角兵衛不夠忠貞，但他絕不輸給一介武士。他原是諸侯的侍從，只可惜沒有機會出頭。

像他這種人反而更方便爲平常的時務而奔走。

「我回來了！」

伊皿子坡很陡，每次他回到自家門前都會氣喘吁吁。妻子回娘家去了，只剩男女僕人。岩間不留宿藩裏的夜晚，僕人們都會等候他回府。紅色的大門和房屋入口之間的走道，兩旁竹影扶疏。僕人們會在這條通道灑水，等候主人歸來。

「主人回來了！」

僕人出來迎接。

「唔！」

角兵衛回了一聲，又問：

「佐佐木先生在家還是外出？」

4

「小次郎先生整天都待在家裏，現在也躺在房內納涼。」

聽了僕人的回答，角兵衛道：

「是嗎？那就快去準備酒菜，並請佐佐木先生過來。」

角兵衛趁此空檔入浴，洗去一身汗水，換上輕鬆的便服。

回到書齋時，小次郎已拿著扇子，在房內等待。

「您回來了。」

僕人送來酒菜。

「先乾一杯。」

角兵衛斟酒，又道：

「今天有好消息告訴你。」

「好消息？」

「我向主人推薦你，最近主人對你也有耳聞，並要我帶你去見他。能有今天的成果，可眞不容易啊！藩裏太多人向他推薦了。」

角兵衛衷心期待看到小次郎高興的表情。

「……」

然而小次郎卻默不作聲，喝了一口酒。

「杯子還您。」

只說了這句話，卻無愉悅之色。

角兵衛不但沒生氣，反而更加佩服他。

「我相信藩主一定能接納你，你也能得到應有的回報。今夜我們慶祝一下，再多喝一點。」

說著，又給小次郎斟酒。

小次郎這才稍微低下頭：

「讓您費心了，眞過意不去。」

「不，推薦一個像你這麼有爲的人給主家，也是我的職務之一。」

「把我捧得這麼高，眞令我爲難。本來我就不求高薪俸祿。只因爲細川家歷代由幽齋公、三齋公，以及當今之主忠利公等三位名主一脈相傳，我才會想到藩裏奉公，也許能找到武士應行之道。」

「我並未向主公吹噓，是因爲江戶到處流傳著佐佐木小次郎的名字。」

「我每天在此好吃懶做，爲何能出名？」

小次郎自嘲，露出一排稚氣的牙齒。

「在下一點也不出色，大家只是似是而非跟著散播謠言罷了。」

「忠利公說找個時間帶你過去，你何時能到藩邸一趟？」

「我隨時都可以。」

「那麼明天好嗎？」

「可以。」

小次郎一副理所當然的樣子。

角兵衛見狀，更爲小次郎的氣度傾倒。但是他突然想起忠利公附帶說的一句話。

「但是，君侯說過見了你之後再做決定。這只不過是一個形式罷了，你百分之九十九可以在藩裏奉公，幾乎已經內定了……」

小次郎一聽，放下杯子，盯著角兵衛，說道：

「算了，角兵衛先生！多謝您的辛勞，我不想到細川家奉公。」

小次郎情緒激動。

他的耳朵因喝酒而通紅。

5

「為什麼？」

角兵衛不解地望著他。

小次郎只說了一句：

「我不滿意。」

便未再多做解釋。

為何小次郎心情突然驟變？可能是剛才角兵衛補充了君侯的話：

「見過之後再決定錄不錄用。」

此話讓小次郎不悅。

「我並非一定要在細川家任職，隨便到哪裏都可找到三、五百石的職務。」

平常小次郎經常以此自誇，角兵衛竟然如此大意，把主公的話照本宣科地說給小次郎聽，才會惹惱了他。

小次郎的個性本來就唯我獨尊，不考慮別人的心情。所以盡管角兵衛一臉窘相，他也無動於衷。吃過飯，他便回自己的住處去了。

屋內沒點燈，卻被月亮照得明亮。小次郎一進房，微醉的身子立刻躺了下來，以手當枕。

「哼！」

他想起某事，不禁笑了出來。

「那角兵衛可眞老實啊！」

他喃喃自語。

他太瞭解角兵衛了。他知道自己這麼一說，會讓角兵衛對主君很難交代。但不管自己怎麼跋扈，角兵衛絕不會生氣。

「不求高官厚祿。」

雖然以前佐佐木說過這話，實際上卻充滿了野心。他不但想求俸祿，更想靠自己的能力求取功名和立身之道。

如果不爲這些，那他何必苦修勤練？這些都是爲了立身、揚名、衣錦還鄉。此外，也是爲了滿足個人的私欲。在現今這種時代，高強的武功才是出人頭地的捷徑。很幸運地小次郎天資稟賦、劍術高超且聰明過人，充滿了自信心。

因此，他的一進一退都以此爲目標。這家主人岩間角兵衛雖比小次郎年長，但在小次郎眼中角兵

衛是個──

「軟弱的傢伙。」

小次郎不知不覺地睡著了。月光在榻榻米上移了一格，小次郎卻未醒來。徐徐的涼風，吹得屋內暑氣全消，小次郎更是沈醉於夢鄉。

這時，躲在懸崖後面，一直忍受蚊蟲叮咬的人影似乎找到了好時機。

（好！）

他像隻蟾蜍般悄悄地爬向燈火已熄的房子。

6

他就是那個打扮得威風凜凜的武士。今天傍晚，坡下花店的老闆看到一個舉止怪異的武士往寺廟後山走去。他就是那個武士。

人影爬到房子旁邊──

「……」

他先從屋簷下窺伺屋內動靜。

由於他蹲在陰暗處，又沒出聲，不容易被發現。

「……」

屋內傳來小次郎的鼾聲。曾有一時，蟲鳴突然停頓，接著唧唧的蟲鳴又陸續從草露之間傳出。

終於——

人影倏然立起。

刀一出鞘便對著熟睡中的小次郎衝去。

「喝！」

那人咬牙切齒，正要砍下去，沒想到小次郎左手揮出一支黑棒，一棒打在他手上。

那人手掌雖受到重擊，但是砍下去的大刀，力道十足，砍破了榻榻米。

原本躺在下面的小次郎，像一尾矯健的游魚，躲過水面的一擊，悠然游至它處。緊接著唰一聲，靠著牆面對那個人影。

小次郎左手握著刀鞘，右手已拔出愛劍「曬衣竿」。

「誰？」

小次郎的口氣平穩，看來早已察覺刺客來襲。平時，小次郎對於身邊任何風吹草動都提防有加，因此他背對牆站著，神態自若，毫無紊亂之色。

「是、是我！」

相反地，襲擊的人反而聲音顫抖。

「『我』是誰？報出名來！趁黑夜偷襲可不是武士的作風。」

「我是小幡景憲的兒子余五郎景政。」

「余五郎？」

「哼！看你幹的好事。」

「好事？我做了什麼？」

「你趁家父臥病在牀，到處散播不利於小幡家的謠言。」

「等一等！不是我在散播，是人們自動把謠言傳得滿天飛。」

「你甚至殺了我們不少門人。」

「那的確是我小次郎幹的。只能怪你們刀法和實力太差了。在兵法上，我可無法故意放水。」

「住、住口！那是因爲無賴漢半瓦爲你撐腰。」

「那是後來的事。」

「後來什麼事？」

「你眞囉嗦！」

小次郎不耐煩地向前踏出一步：

「要恨就恨吧！兵法只求勝負，如果摻雜個人情感，就貽笑大方了。你是否已有覺悟要來送死？」

「……」

「覺悟吧！」

說著，向前更進一步。同時他手上的「曬衣竿」約一尺左右的刀尖，映著皎潔的月光，一道光芒射向余五郎眼睛，隨即移往別處。

這把刀是今天新磨的。小次郎就像饑腸轆轆的餓鬼面對山珍海味一般，直盯對方，想攫住他的身影。

老鷹

1

佐佐小次郎託人代尋官職，卻又不滿主人的話，甚至拒絕接受，簡直太過任性了。

岩間角兵衛像洩了氣的皮球。

「不管他了！」

他又自省：

「愛護後進雖是美德，但如果連錯誤的想法都得接受，那就太過分了！」

角兵衛原本就喜歡小次郎，認爲他異於常人。雖然夾在小次郎和主人之間兩頭爲難，也感到生氣。

但過了幾天，他又回心轉意了。

「也許這正是他的優點。」

他善意地斟酌。

「要是一般人，早就欣然前往了。」

角兵衛認爲年輕人要有骨氣才靠得住。何況小次郎夠格仕宦藩所。顯然，角兵衛把小次郎捧得更高了。

又過了四天。

這期間角兵衛偶爾留宿藩裏，加上心情尚未回復，幾天未曾見過小次郎。第四天早晨，角兵衛到小次郎的住處。

「小次郎先生！昨天我從藩所回家時，忠利公問我怎麼還沒帶你去見他？主公要在弓箭場見你，大概也想見識一下你的弓法，如何？你就抱著輕鬆的心情前去吧！」

「可是……」

「嗯！」

「如果主公看我不中意而拒絕我，那小次郎豈不成了廢物。我可還沒潦倒到必須強迫推銷自己。」

「是我拙於口才。主公並無此意。」

「那你如何回覆忠利公？」

「我還沒回答。主公似乎一直都在等著見你。」

「哈哈哈！你是我的恩人，我不該如此爲難你的。」

「今晚我得留宿藩裏，也許主公又會提及此事。你就別再爲難我了。至少到藩裏露個臉。」

「好。」

小次郎賣人情似地點點頭。

「我就爲你去一趟。」

角兵衛欣喜萬分：

「那麼，今日如何？」

「好，就今天去吧！」

「太好了！」

「時間呢？」

「主公說過任何時間皆可。主公下午一定會到弓箭場，在那裏見面氣氛比較輕鬆。」

「知道了。」

「就這麼說定。」

角兵衛再次叮嚀，便到藩裏去了。

之後，小次郎悠然地準備。雖然平時口中常說豪傑不必花心思裝扮，實際上他是個愛打扮的人，甚至非常講究。

他要僕人準備羅衣，舶來褲，全新的草鞋和斗笠。

又問：

「有沒有馬？」

僕人告知坡下花店寄放著主人乘換用的白馬。小次郎便來到花店，發現老闆不在店裏。

於是，小次郎左右尋找。最後看到寺廟旁，除了花店老闆和僧侶之外，還有一羣人聚在那裏，不知談論什麼？

2

出了什麼事？小次郎走過去，看到地上一具覆蓋著草蓆的屍體。圍觀的人正商量如何埋葬。
死者身分不明。
只知道是位年輕武士。
那人肩膀被砍了一刀，傷口很深。血已凝固變黑，身上沒帶任何物品。
「我四天前曾見過這位武士。」
花店老闆說著。
「哦？」
僧侶和羣衆都望著老闆。
老闆正要開口，有人敲他的肩膀，回頭一看是小次郎。
「聽說岩間先生的白馬寄在你這裏，可否牽出來。」
「噢！原來是您。」
老闆急忙行個禮，說道：
「我這就去。」

他和小次郎回店裏。並從小屋牽出白馬。小次郎撫著馬頭，說道：

「眞是一匹好馬。」

「是的，的確是匹好馬。」

「我走了。」

老闆抬頭望著馬背上的小次郎，說道：

「與您很相配。」

小次郎騎在馬上，從口袋掏出錢來。

「老闆，用這錢買些鮮花冥紙吧！」

「咦？」

「給剛才那個死人。」

說完，小次郎從坡下的寺廟前，朝高輪街道騎去。

他從馬背上吐了一口口水。因爲剛才看到令他不舒服的東西。四天前的一個月夜，被自己新磨的「曬衣竿」長劍殺死的人，好像掀開草蓆，尾隨在自己背後一般。

「這不能怪我。」

小次郎在心裏爲自己辯解。

他騎著白馬，在炙熱的天氣下，大搖大擺地走在路上。無論是商人、旅客，以及徒步的武士，都趕緊讓開道路，並回頭看他。

他騎在馬上的英姿，即使走在江戶城裏也很醒目。大家都會忍不住多瞧一眼，想知道他是哪裏來的武士。

約定的時間是正午時刻到達細川家。他把馬交給門房。進到官邸便看見岩間角兵衛飛奔而來。

「你來得正好。」

岩間好像為自己的事而高興。

「請擦擦汗水，休息片刻，我這就去通報。」

說完，趕緊命人送上茶水、冰水和煙草等，待如上賓。過了不久——

「請至弓箭場。」

另一位武士前來引路。按規定，他的長劍「曬衣竿」必須交由家臣代為保管，只能帶短刀進去。

細川忠利今日照常練箭。雖然暑氣蒸天，仍每天練習射箭百支，無一日例外。

衆多貼身侍衛忙於為忠利取箭。然後在一旁屏氣凝神，等待箭射出去時的鳴聲。

「毛巾！毛巾拿來。」

忠利把弓立在地上。

汗水流進他眼裏，看來已疲累不堪了。

角兵衛趁機說道：

「主公！」

他跪在忠利身旁。

「什麼事?」

「佐佐木小次郎已經來了。請您接見。」

忠利看也不看一眼。他重新架上箭，拉弓，跨腳，準備發箭。

3

不只忠利如此，家臣們沒人瞧小次郎一眼。

最後，終於射完百支。

「水，拿水來!」

忠利大聲說著。

家臣們打來井水，儲在一個大臉盆裏。

忠利擦洗全身，也洗了腳。身邊的家臣忙著爲他提袖子、拉下襬，不斷更換乾淨的水，不敢稍有怠慢。即使如此，忠利的動作卻不像個大將軍風範，倒像個野人。

身在故鄉的大主人三齋公是個茶人。先代幽齋則是個風雅的詩人。想來第三代忠利公也會承襲家風，像個公卿貴人，沒想到竟然是這等姿態，令小次郎頗感意外。

忠利還沒擦乾腳就穿上草鞋，一雙腳溼答答地回到弓箭場。岩間角兵衛已等得心急如焚。忠利看到他，才又想起此事。

「角兵衛！帶他來見我。」

小次郎隨著角兵衛來到忠利面前，行了跪拜禮。這個時代，主君愛才，禮遇武士，但是覲見的人還是必須遵行禮儀。忠利立刻說道：

「平身。」

平身之後便是賓客。小次郎抬起膝蓋：

「恕在下無禮。」

說著，坐到席上與忠利面對面。

「詳細情形，我已聽角兵衛說過。你的故鄉是岩國吧？」

「正是。」

「聽說岩國的吉川廣公非常英明。你的祖父也是吉川家的隨從嗎？」

「我聽說很早以前，我們是近江的佐佐木一族。室町殿下滅亡後，我便回母親娘家。所以沒在吉川家仕奉。」

問過家譜親戚的情形之後，忠利又說：

「你是第一次找官職嗎？」

「我還沒跟隨過任何主家。」

「聽角兵衛說你希望在此仕宦，你認爲我藩哪一點好？」

「我想這裏是武士爲它殉死的好地方。」

「嗯！」

忠利似乎頗爲中意。

「流派呢？」

「巖流。」

「巖流？」

「是我自創的？」

「有何淵源？」

「我曾跟隨富田五郎右衛門學習富田流刀法。又向故鄉岩國的隱士片山伯耆守久安這位老人學習片山拔刀術。再加上自己在岩國川畔斬燕練劍，綜合成自己的流派。」

「哦！『巖流』是取自『岩國川』吶？」

「大人明察秋毫。」

「我想看你的劍法。」

忠利望著衆家臣：

「誰來跟佐佐木比畫一下？」

4

這男子就是佐佐木嗎？最近常聽到他的傳言。

「沒想到這麼年輕。」

家臣們從剛才便不斷打量這位傳說的人物，現在忠利突然開口：

「誰來跟佐佐木比畫一下？」

大家有點愕然，不禁面面相覷。

大家的眼光隨即轉向小次郎。小次郎不但一點也不在意，甚至一副正合我意的表情，興奮使得他臉上泛起一陣紅暈。

未等家臣自告奮勇，忠利已經指名：

「岡谷！」

「在。」

「有一次討論槍與刀之利弊時，堅持槍較有用的是你吧？」

「是。」

「這是個好機會，你上場試試。」

岡谷五郎次接受命令之後，轉向小次郎，說道：

「在下向你討教了。」

小次郎大大地點頭。

「賜教了！」

雙方表面上彬彬有禮，事實上一股淒厲之氣已浸入肌膚。

本來在帷幕裏打掃的人，以及整理弓箭的人也都集合到忠利身後。

平常把武功掛在嘴邊，拿刀劍如拿筷子。但是一生中眞正面臨比賽，卻是難得碰上幾次。

如果問在場的武士：

「打仗可怕？還是比武可怕？」

十人當中可能十人全會回答：

「比武可怕。」

因爲戰爭是集體行動，比武則是一對一，如不獲勝，非死即殘。而且必須拿自己的生命，自己的髮膚當賭注。打仗則是與戰友輪番上陣，得以喘口氣，比武卻不行。

五郎次的友人嚴肅地注視五郎次的一舉一動，看到他冷靜的神情，才放下心來。

「他不會輸的。」

細川藩自古以來沒有槍術專家。幽齋公三齋公以來，都是以君主身分，歷經無數戰場。步卒當中善用長槍的不在少數。善用槍術並非奉公人員必備的技能。因此，藩裏一直未聘請槍術教練。

即使如此，岡谷五郎次卻堪稱藩裏的長槍手。不但有實戰經驗，平常也勤於苦練，是個老手。

「恕我暫時告退。」

五郎次向主人和小次郎招呼一聲，便退至它處，做比武前的準備。

大抵一個奉公武士，都有一個覺悟，早晨出門，也許下午便會殉職橫屍回來。今日五郎次出門前，照例全身上下都穿著潔淨的衣服。現在，退到一旁做準備，想到即將面對這種覺悟，他的內心感到一陣涼意。

5

小次郎雙腳微開，直挺挺地站在那裏。

他手中握著借來的三尺長木刀。選了一個比武場地，已先在那裏等待。

他的姿態極其神勇，任誰看到，即使憎恨他，也會覺得他威風凜凜。

他就像隻勇猛的老鷹。側面的線條俊美，表情與平時無異。

「不知結果會如何？」

家臣們開始同情起岡谷五郎次了。因爲一看到小次郎的風采，大家都用不安的眼神，看著五郎次在做準備的帷幕。

五郎次平靜地做完準備。他在槍口刀刃上，仔細地纏上溼布，才會花費這麼多時間。

小次郎見狀：

「五郎次先生！你那是什麼準備？如果是怕傷到我，那你大可不必有此顧慮。」

小次郎語氣雖然平順，但話中帶刺，充滿傲慢之氣。剛才五郎次用溼布條纏繞的長槍是曾征戰沙場，並獲得佳績的短刀形菊池槍。柄長九尺餘，塗上青貝色，閃閃發光。光是菖蒲造形的刀刃，就有七、八寸長。

「用眞槍無妨。」

小次郎嘲笑他徒勞無功。

「行嗎？」

五郎次瞪著小次郎問著。此時，連同主人忠利和他的友人內心都在鼓動著。

「就是這樣！」

「別怕他！」

「把他宰了。」

小次郎有點不耐煩，用催促的語氣說：

「行了。」

說著，正視對方。

「那麼……」

五郎次拆去纏繞的溼布條，握住長槍，一步一步向小次郎逼近。

「悉聽尊命。可是，既然我用眞槍，閣下也請用眞劍。」

「不，我用這個就行了。」

「不成！」

「不！」

小次郎懾住他的氣息：

「我乃藩外之人，怎可在他家的主人面前使用眞劍？」

「可是……」

五郎次仍不釋懷，咬住嘴唇。忠利見狀立刻說道：

「岡谷！不必多慮。就按對方的意思吧！快比武。」

從忠利的聲音裏，可知他也受到小次郎的影響。

「那麼——」

互行注目禮。雙方臉上已出現凄厲之色。突然，五郎次向後跳開。

小次郎的身體，像停在竹竿上的小鳥，一個箭步，已隨著五郎次的槍柄，攻向他的胸膛。五郎次來不及用槍，立即轉身，如擊重石般撲向小次郎背領。唰！一聲，這塊重石彈跳開來。小次郎這回把木劍當長槍，對著五郎次肋骨直刺過來。

「喝！」

五郎次退了一步。

向一旁跳開。

來不及喘氣，他被小次郎逼得到處躲閃，毫無反擊餘地。

他已像隻被猛鷹追趕的獵物了。小次郎的木劍緊追不捨，纏著他不放。最後長槍截然斷成兩半，五郎次的肉體勉強擠出一聲呻吟，才一瞬間，勝負已定。

6

小次郎回到伊皿子「月岬」上的家，便去找這家的主人岩間角兵衛。

「今天在大人面前，我是不是做得太過分了？」

「不，你表現得很出色。」

「我走後，忠利公有無說了什麼？」

「沒有。」

「總會說些話吧？」

「什麼都沒說，只默默地坐在席位上。」

「嗯……」

小次郎對他的回答不滿意。

角兵衛見狀，立刻補上一句：

「我想近日之內會有回音吧？」

小次郎聽了，回答道：

「任不任職都無所謂。……忠利公果然如傳言所說是位明君，如果要仕宦，我還是選擇這裏，不過這一切得靠機緣啊！」

角兵衛慢慢看出小次郎鋒芒太露，從昨天開始對他有點反感。一直呵護在懷中的小鳥，不知何時竟然長成一隻兇猛的大老鷹了。

昨天忠利本想讓四、五名武士與小次郎交手，試他的武功。沒想到打頭陣岡谷五郎次的比武結果，太過於殘忍，忠利說了一句：

「我看到了，不必再比。」

比武因此結束。

雖然五郎次最後甦醒過來，卻可能終生要跛腳了。

他左邊大腿和腰部的骨頭都已碎掉。小次郎暗自得意：這下子給他們大開眼界，即使與細川家無緣也了無遺憾了。

但是他心中仍有許多疑慮。將來的託身之所除了伊達、黑田、島津、毛利之外，便是細川家了。由於大坂城的問題尚未解決，天下風雲萬變，如果選錯託身藩所，可能終生無法避免浪人的命運。謀求奉公之地，也得把將來的時勢一起考慮進去，否則，爲了求半年的俸祿，可能會賠上一生的幸福。

小次郎把這些都盤算在內。只要故鄉的三齋公依然健在，細川家鐵定穩若泰山。如果要乘船，最好搭這艘大船，才能掌控生涯的船舵，航向新時代的潮流。如此才是賢明的做法。

「然而越是家世顯赫，越不易謀得一職。」

小次郎有點焦急。

數日後，不知想到何事？小次郎突然說：

「我去向岡谷五郎次探病。」

說完便出門去。

這天他是徒步前往。

五郎次的家在常盤橋附近。小次郎突然造訪，使得五郎次非常高興，躺在牀上微笑著說：

「哎呀！比武勝負便可知高下。我恨自己技不如人，可是你爲何來看我？」

說著，眼中閃著淚珠：

「你這麼親切，又勞駕來此，眞過意不去。」

小次郎離開後，五郎次向枕邊的友人透露：

「他眞是個奇特的武士。本以爲他很傲慢，沒想到他是個有情有義的人。」

小次郎內心也在揣測他會這麼說。

後來又來了一位探病的客人。如小次郎所料，這位「敵友」，竟向客人讚美小次郎。

青柿子

1

三番兩次，小次郎前後四次到岡谷家探病。

有一天，還叫人從市場送新鮮的魚過去。

此時的江戶，已是夏至時節。

空地上的雜草，掩住門扉。乾涸的馬路，偶爾可見螃蟹橫行其中。

——武藏快出面，否則不配當一名武士！

半瓦手下所張貼的告示牌，已淹沒在荒煙蔓草中，有的被雨打落，有的甚至被偷去當柴燒。

「到哪裏去吃飯？」

小次郎飢腸轆轆，四處張望找飯館。

這裏與京城不同，連像「奈良茶」這種店都沒有。只見空地的草叢旁，搭了一間葦棚，旁邊立著一面旗子，上面寫著：

「屯食小吃」

屯食——古時候，這詞是飯團的別稱。指的是屯紮時的食物吧！然而，此地這個「屯食」又是何意？

葦棚旁，白煙裊裊，盤踞不散。小次郎走近欲窺究竟，卻聞到烹煮食物的香味。難不成是賣飯團的。無論如何，這家店一定是賣吃的。

「來杯茶！」

小次郎進入棚內，看見棚裏有兩個人坐在椅子上。一人拿酒杯，一人拿飯碗，正大口大口地吃著。

小次郎在他們對面坐下。

「老闆！這裏有什麼吃的？」

「這裏是飯館，也有酒。」

「招牌上的『屯食』是什麼意思？」

「很多人問過我，可是我也不知道。」

「不是你寫的嗎？」

「以前有個年老的旅客，在此休息，他幫我寫的。」

「哦！原來如此，字寫得眞好。」

「聽說這個人到處遊走。在木曾是數一數二的大富翁，捐了好大一筆香油錢給平河天神、冰川天神、神田明神等寺廟，還樂此不疲呢！眞是個奇特的人。」

「那人叫什麼名字？」

「奈良井大藏。」

「我好像聽過。」

「他爲我寫了『乇食』二字。雖然我不知道它的意思，但是這麼有名的人寫的招牌，至少可以招財進寶吧！」

老闆笑著說。

小次郎看碗裏裝了飯菜，便拿起筷子，邊趕蒼蠅邊喝著湯，吃了起來。

坐在他對面的兩個武士──有一人不知何時從葦棚的破洞窺視草原方向。

「來了。」

他回頭對他的同伴說：

「濱田，是不是那個賣西瓜的？」

另一人聽了趕緊放下筷子，到葦棚邊一看：

「對！就是他。」

兩人一陣騷動。

2

一個西瓜販子頂著炎熱的大太陽，扛著秤走在草地上。

躲在「屯食」小吃店葦棚後的浪人，追上西瓜販子，突然拔刀，砍中秤繩。

西瓜販子向前撲倒在地。

「嘿！」

剛才在小吃店裏，叫做濱田的另一名浪人，立即上前抓住西瓜販子的脖子。

「在護城河旁的石堆附近賣茶的姑娘，你把她帶到哪裏去了？別裝傻，一定被你藏起來了。」

其中一人罵著，另一人用刀背頂著他的鼻子。

「快說！」

「你住哪裏？」

並威脅他。

「長這副德性，還敢誘拐女人。」

那人用刀背拍著他的臉頰。

西瓜販子鐵青著臉，拚命搖頭。後來趁隙用力推開其中一名浪人，並撿起秤錘打向另一名。

「你還打人？」

浪人大喝一聲。

「這傢伙一定不是個普通的西瓜販子。濱田，小心一點。」

「哼！我才不怕他——」

濱田奪下對方的秤，把他壓在地上，並用繩子把西瓜販子連同秤綁在一起。

這時，濱田背後突然傳來一聲慘叫，接著聽到地上發出巨響，回頭一看，一陣熱風帶著紅色細霧，打在他臉上。

「咦？」

本來騎坐在西瓜販身上的濱田，立刻一躍而起，瞪大雙眼，一臉愕然，不敢相信他所看到的情景。

「你、你是誰？」

對方沒回答，只見他的劍如毒蛇般直竄到濱田胸前。

正是佐佐木小次郎。

不用說就知道他拿的是那把長劍「曬衣竿」。廚子野耕介爲他磨去鐵銹，重現光芒之後，似乎饑渴難當，不斷嗜飲鮮血。

「……」

小次郎笑而不答，繞著草叢緊追濱田。被五花大綁在地的西瓜販子這時抬頭，看到他的身影，大吃一驚：

「啊！佐佐木……佐佐木小次郎！救命呀！」

小次郎頭也不回。

他直盯著節節後退的濱田，數著對方的呼吸，似乎要把他逼入死亡的深淵。對方退一步，小次郎則前進一步，對方橫著跑，小次郎也橫著追，刀尖直追纏對方。

濱田已經臉色慘白，一聽到佐佐木小次郎的名字，嚇了一跳。

「咦?佐佐木?」

他連滾帶爬。

「曬衣竿」揮向天空。

「往哪裏逃?」

話聲甫落，長劍已經削斷濱田的耳朵，深深嵌入肩膀。

3

小次郎隨後替西瓜販解開繩子，但西瓜販並未抬頭。

他重新坐好，卻仍一直低垂著頭。

小次郎拭去「曬衣竿」上的血跡，收入劍鞘。接著似乎感到一陣好笑，說道：

「老兄!」

他拍拍西瓜販的背：

「沒什麼好丟臉的。喂！又八！」

「是！」

「別光說『是』，把頭抬起來。好久不見了。」

「你也平安無事嗎？」

「當然。我說，你怎麼會做起買賣來了？」

「哎！眞沒面子。」

「先把西瓜撿起來。對了！寄放到屯食小吃店裏吧！」

小次郎站在空地上大叫：

「喂！老闆！」

小次郎把西瓜交給老闆保管，並借來筆墨在格子門邊寫著。

斬死空地上兩具屍體
正是伊皿子坡月岬之
佐佐木小次郎
特此召告世人

「老闆！這樣就不會給你添麻煩了。」

「謝謝您。」

「不用謝了。若死者的朋友來了，請替我轉告一聲。就說我不會逃避，隨時候教。」

說完，又對著站在葦棚外的又八：

「走吧！」

本位田又八低頭跟在後面。最近，他挑西瓜賣給江戶城內的石頭工人、木匠、水泥匠等。

他初到江戶時，希望能表現男子氣概給阿通看，立志要修行或創業。然而一碰到挫折就意志消沈，毫無生存能力。他更換工作已不下三、四次。

尤其阿通逃走之後，又八更是陷入頹廢的深淵，最後淪落到無賴漢聚集的家裏，寄人籬下，或替賭博的人把風，混口飯吃。有時則趁江戶祭典或遊山玩水等節慶，到處兜售什物，到現在還沒有固定職業。

小次郎從以前便很清楚他的個性，所以聽了這些話，一點也不覺意外。

只是想到剛才自己在屯食小吃店的留言，肯定會給自己招來麻煩，便問又八：

「那些浪人到底跟你有何仇恨？」

又八難以啓口：

「老實說，是爲了女人的事……」

又八的生活總是會跟女人扯上關係。大概上輩子跟女人有仇吧！小次郎不覺苦笑：

「嗯！你還是不改好色的本性。你跟那個女人發生了什麼事？」

要讓又八吐眞言，可能得花點功夫。反正回伊皿子也沒特別的事，小次郎一聽到女人的事，無聊的心情一掃而空。見到又八，也好像撿到失物般令人興奮。

4

好不容易才從又八口中套出實情。事情的原委是這樣的：

護城河邊的置石場，有很多工人，加上來往路人頻繁，因此有十幾家茶店，每家都圍著葦棚。其中一家的賣茶女姿色出衆。很多男人都醉翁之意不在酒，藉著喝茶、吃飯，想一親芳澤，其中一人就是剛才的濱田。

自己有時賣完西瓜，也會上那家店休息。有一天，那位姑娘竟向自己透露：

我很討厭那名武士，可是老闆卻要我打烊之後陪他出去玩。可不可以讓我躱到你家，我可以幫忙燒菜縫衣服。

自己不忍拒絕，便把那姑娘藏到家裏。又八不斷地解釋，強調自己只是爲了這個理由。

小次郎不以爲然。

「有什麼奇怪？」

又八不認爲自己的話奇怪。

炎熱的太陽底下，小次郎無心聽又八冗長又抓不住重點的話，連一絲苦笑都擠不出來。

「算了，到你家再好好聊吧！」

又八一聽，面有難色。

「不行嗎？」

「我的家不好請你過去。」

「什麼話？我不介意。」

「可是……」

又八一臉歉意，又說：

「下次再來吧！」

「爲什麼？」

「今天有點不方便……」

又八一臉爲難，小次郎也不便勉強，爽快地說：

「這樣嗎？那麼找個時間，你來找我。我住在伊皿子，就在岩間角兵衛宅內。」

「近日內一定會去拜訪。」

「對了！剛才你有沒有看到掛在各十字路口的告示牌？就是半瓦手下寫給武藏的？」

「看到了。」

「上面也寫說本位田老太婆在找他。」

「是，沒錯。」

「爲何你不去找你母親？」

「我這副德行？」

「傻瓜！對自己母親還要顧慮什麼形象？你的老母隨時會遇上武藏，到時候你這兒子不在身邊助她一臂之力，可能要後悔一輩子了。」

又八無心聽他的勸告。他們母子之間感情不睦，別人看不出來。雖然又八覺得忠言逆耳，但念在剛才的救命之恩，只好硬著頭皮說：

「是的，我一定去找。」

說完，在芝區的路口與小次郎道別。

然而小次郎卻使壞，與又八分手後，暗中尾隨又八轉進狹窄的後街。

5

這裏有幾棟相連的房屋。附近的開拓方式是先砍去雜草樹叢，然後搭建房子，人們便住進去了。本來沒有馬路，但路是人走出來的。也沒排水溝，各戶的汚水隨意流出，自然流到小河裏。江戶的人口如雨後春筍，不斷激增的結果，生活水準無法提高。其中尤以工人最多。他們主要在此修築河川，重建城池。

「又八，你回來了嗎？」

隔壁住著一位挖井的老闆。他正泡在浴盆裏，四周用門板橫放在地，圍成一個小浴室。老闆剛好露出頭來。

「嗯，你在泡澡呀？」

又八剛進門，浴盆裏的老闆又說：

「我洗好了，你要不要來泡一泡？」

「謝謝！朱實剛剛在家裏也燒好水了。」

「你們感情眞好。」

「沒什麼。」

「你們是兄妹還是夫妻呀？這附近的人都在猜你們到底是什麼關係？」

「嘿！」

朱實正好過來。又八和老闆立刻住了口。

朱實提著洗澡水來到柿子樹下，打開水桶蓋子。

「又八，你試試水溫。」

「有點燙呀！」

井邊傳來打水的聲音，又八裸著身子跑過去，接過水桶倒入浴盆，便入浴了。

「哇！眞舒服！」

老闆已穿上衣服，把竹桌椅搬到絲瓜棚下：

「今天西瓜賣得如何？」

「你也知道行情不好。」

又八看到手指上乾涸的血跡，不悅地用毛巾拭去。

「的確如此。與其賣西瓜，不如來挖井，每天賺點工資，日子也比較輕鬆。」

「雖然老闆你常叫我去做，但挖井必須在城裏做，不能常回家。」

「對，沒有工頭的允許是不能回家的。」

「朱實說過，如此她會寂寞。叫我別去。」

「嗯！你談戀愛昏了頭呀！」

「我們不是你想的那種關係。」

「別越描越黑了。」

「哎喲！好痛！」

「怎麼了？」

「青柿子掉到頭上了！」

「哈哈哈！因爲你昏了頭嘛！」

老闆用圓扇子打著膝蓋笑著說。他出生於伊豆半島的伊東，名叫運平，在業界頗受尊敬。年紀已過六十，頭髮蓬亂如麻，但卻是日蓮教的信徒，朝晚不忘誦經，也常拿年輕人開玩笑。

在他家入口處掛著一個牌子，上面寫著：

專門開鑿城池水井
堀井商　運平之宅

要挖掘城郭內的井水，需要特殊的技術，非一般的挖井工人所能勝任。因爲他曾在伊豆有過挖金山井的經驗，才被聘請來此指導施工並物色工人。運平喜歡在絲瓜棚下晚酌一番，喝得高興就會談起自己的得意往事。

6

當一名掘井工人，如果沒得到允許，是不准回家，工作也受監視，留在家的家族，如同人質，也受主人和老闆的束縛。雖然如此，城內的工作較輕鬆，工錢也較高。

施工完成之前，都住在城內的小屋，因此不必再花費金錢。

「所以說，你先忍耐一陣子，等賺足了錢再去做點別的生意，別再賣西瓜了。」

隔壁的運平老闆經常勸又八去挖井。然而朱實卻反對：

「如果你到城裏工作，我就逃走。」

她的語氣帶著威脅。

「我怎麼會放下妳一個人不管？」

又八也不想做這種事。他喜歡做既輕鬆、又有錢和面子的工作。

又八洗完澡後，朱實拿門板圍住澡盆，也洗了澡換過衣服，兩人聊起此事。

「爲了一點錢，像個囚犯倍受束縛，我可不願如此。我也不是一直要賣西瓜。對不對？朱實，再窮也要多忍耐呀！」

「當然！」

吃著紫蘇飯配涼拌豆腐。朱實聽又八這麼說，也表同意：

她喝著湯，又說：

「一生一次也行，做點有骨氣的事給世人看看！」

朱實來此之後，這一帶的鄰居都認爲他們是一對夫妻。不過朱實可從來沒想要這種不爭氣的男人當自己的丈夫。

她選擇男人的眼光很高。來到江戶之後，尤其置身於堺鎮花街的那段時間，她已見識過各式的男人。

朱實逃到又八家裏，純粹是爲了自己的方便。她像一隻小鳥，利用又八爲踏腳石，想再度翱翔於天空。

因此，如果又八到城裏工作就不好了。更具體地應該說她會有危險。因爲她當賣茶女時的男人——濱田可能會認出又八。

「對了！」

飯後，又八提到了這件事。

自己被濱田抓住，正在危急的時候，被小次郎救了。本來小次郎要來家裏，卻被自己巧妙地拒絕了。

又八盡說朱實愛聽的話。

「咦？你遇見小次郎？」

朱實臉色發白：

「你有沒有告訴他我在此？你該不會說吧？」

又八把她的手拉到自己膝上：

「誰會把妳的下落告訴他？小次郎那麼固執，他一定會追過來的……」

——啊！話沒說完，又八突然大叫一聲，用手壓住臉頰。

有人丟東西進來！

又一粒青柿子，從後院飛進來，打在他臉上。雖然是個又青又硬的柿子，可是打中臉之後，已破裂開來，白色的果肉噴到朱實身上。

月光下，酷似小次郎的人影走出草叢，帶著冷冷的表情，朝市街走去。

露水

1

「師父！」
伊織在後面追趕。
初秋，武藏野的雜草比伊織還要高。
「快點！」
武藏頻頻回頭等待在草中游泳的雛鳥。
「雖然有路，可是我差點搞不清方向。」
「不愧是橫亙十郡的武藏野草原。」
「我們要去哪裏？」
「找適合居住的地方。」
「要住在這裏嗎？」

「不好嗎？」

「……」

伊織不置可否，看著一望無際的蒼芎：

「我也不知道。」

「等秋天到了，這片藍天將多麼清澄，這片原野將覆蓋多少露水……一想到此，內心也跟著清新起來。」

「師父您還是不喜歡城裏。」

「不，人羣中也有樂趣。只是現在到處都貼著罵我的告示牌，任我武藏臉皮再厚也在城裏待不下去啊！」

「所以才逃到這裏來？」

「嗯！」

「眞令人懊惱。」

「說什麼話！爲了這種小事。」

「可是，到哪裏都有人批評師父，我眞的很懊惱。」

「這也沒辦法。」

「有辦法。懲罰那些說您壞話的人，然後我們也發出告示牌說，有種的人出來！」

「不，不必去惹這淌混水。」

「可是師父您不會輸給這些無賴呀！」

「會輸的。」

「爲什麼？」

「我會輸給衆人。因爲打了十人，便出現一百個敵人；追趕百個敵人，就有千個敵人圍攻過來，怎麼贏得了。」

「難道您這一生準備讓人恥笑嗎？」

「我不願意名聲受到污染，那會愧對祖先。可是老讓人恥笑也不行，所以才會想與武藏野的露水同住，不受污名之累。」

「這裏看不到房子，有的話也是農家，或許可以住寺廟。」

「也行。或者砍些木材，鋪上竹子，圍上茅草，就可以蓋個屋子了。」

「又要像法典草原的時候一樣？」

「不，這次不當農夫了。每天坐禪亦可。伊織，你除了好好讀書之外，就是練劍了。」

他們從甲州口的驛站柏木村來到這荒野。從十二所權現之丘到十貫坡，這裏的草原一望無垠。他們走在夏草叢中若隱若現的小道上。

最後兩人走進一片松樹林。武藏觀察過地勢。

「伊織，我們就住這裏。」

既來之則安之。在此生活自有一番天地。兩人蓋了一間比鳥巢還要簡樸的草庵。伊織到附近一戶農家，以一天的勞動借來了斧頭和鋸子。

2

他們花了幾天時間蓋的房屋，算不上是間草庵，但也不像個小屋，倒是一間奇妙的房子。

「神代（編註：神武天皇即位以前的時代）時期可能就是這種房子。」

武藏從屋外眺望親手蓋的房子，興奮地說著。

房子是用樹皮和竹子、茅草、板子蓋成的，柱子則用附近的樹幹。

屋內部分的牆壁和紙門貼了棉紙，看來特別貴重又有文化氣息，這點可是神代時期所不能及的。

伊織朗朗的讀書聲不斷從藺草簾子傳出。入秋之後，不絕於耳的蟬鳴，終究敵不過伊織的讀書聲。

「伊織！」

「是！」

才一回答，伊織已屈膝跪在武藏跟前。

最近對伊織的訓練非常嚴格。

以前對城太郎，同樣是個少年弟子，卻未如此嚴格。當時武藏心想讓他自由發展，才是最好。

因爲武藏本身也是如此成長過來的。但隨著年齡增長，他的想法改變了。

他發現自由發展人之本性，有好也有壞。

要是任其發展，可能壞的本質會蓋過好的本質。

當他砍伐草木蓋這草庵時，也發現這個道理。雜草或無用的灌木覆蓋了應該伸展的植物，且任人怎麼斬，都無法根除，繼續蔓延。

應仁之亂後，天下持續紊亂的局面。雖然信長極力斬草除根，秀吉不時地約束，家康甚至極力在各地修築城池，然而餘灰未盡，現在關西地區充滿了這種隨時可以燎原的星星之火。

然而，長久以來的亂相，終究有結束的一天吧！野性橫行的時代已經結束。武藏反觀自己走過的地方。發現天下大勢已定，人心不是歸向德川，就是支持豐臣。

這個情勢必須快刀斬亂麻，才能井然有序。並且是從破壞進而建設。也就是說另一個文化型態已自然而然地形成，猶如一股浪潮，不斷地衝擊著人心。

武藏獨自省思——

自己生不逢時。

又想——

如果早生二十年，不，即使十年，也許英雄就有用武之地。

武藏出生的那一年是天正十年，正好發生小牧會戰。十七歲時發生關原之役。之後，用武力解決的野性時代已告結束。當時自己像個大鄉巴佬，扛著一支槍，夢想將來能建立自己的城池，遠赴戰場。現在回想起來，自己眞是個井底之蛙，搞不清時代動向，令人啼笑皆非。

時勢的變化如洪流般快速。太閤（譯註：攝政大臣）秀吉發跡之後，各地年輕人無不熱血沸騰，然而沒多久局勢已不允許再承襲太閤秀吉的作風了。

武藏在訓練伊織時，領悟到這個道理。因此，與城太郎不同，武藏對伊織特別嚴格。他必須訓練伊織適應新時代。

「師父！有什麼事？」

「太陽下山了，你照往常拿劍到外面練習。」

「是。」

伊織拿來兩把木劍，放在武藏面前，並行禮：

「請賜教。」

他的態度謙恭有禮。

3

武藏拿長木劍。

伊織拿短木劍。

長劍與短劍對峙。也就是師徒舉劍四目對峙。

「……」

「……」

武藏野的太陽自草原中昇起，亦西沈至草原中。現在，天邊只剩一抹餘暉殘照。草庵後的杉林已昏暗下來。在蟲鳴聲中，仰望蒼芎，彎彎的月亮掛在樹梢。

「……」

「……」

練劍，伊織當然只能模仿武藏的架勢。雖然武藏叫他出手，伊織也想進攻，可是身體卻不聽使喚。

「……」

「眼睛──」武藏說道。

伊織趕緊瞪大眼睛。武藏又說：

「看我的眼睛！瞪著我看。」

「……」

伊織拚命張大眼睛瞪著武藏。

可是，一看到武藏的眼睛，自己的目光立即退縮，完全被武藏的目光所懾服。

如果勉強繼續瞪下去，就會頭暈目眩，身體四肢無法操控自如。這時武藏會再次提醒他：

「看我的眼睛！」

最後伊織的眼神飄浮不定，想逃開武藏的視線。

伊織把注意力集中在眼睛，甚至忘了手中握著木劍。短短的木劍越來越重，簡直像根鐵棒了。

「……」

「眼睛！眼睛！」

說著，武藏稍向前移動。

每次在這種情況下，伊織總會不自覺地後退。爲了這事，已被武藏罵過好幾次。雖然伊織努力效法武藏向前移動，可是被武藏盯住眼，雙腳說什麼也不聽使喚。向後退就挨罵，想前進又力不從心。伊織身體發熱，猶如一隻被人抓在手上的蟬。

這個時候——

我才不怕你！

伊織年幼的精神上，鏘然迸出火花。

武藏立即感受到他的變化，更加引誘他；

「來！」

才一出口，武藏已像隻矯健的魚，向後竄開。

伊織大叫一聲，整個人直撲上去。然而武藏已不見蹤影——伊織迅速回頭，武藏已站在自己剛才的位置。

接著，又回到先前的姿勢。

「……」

「……」

夜露不知不覺凝結在草上。眉形的月亮已離開杉樹梢。蟲鳴唧唧，隨著陣陣晚風，忽鳴忽停。秋草小花，白天並不起眼，此刻有如化過妝，披上霓裳羽衣般，隨風搖曳生姿。

「……」

「好！今天到此爲止。」

武藏放下木劍，交給伊織。這時，伊織耳中才猛然聽到後面的杉林裏傳來人聲。

4

「有人來了？」

「可能又是迷路的旅人想借宿吧！」

「你去看看。」

「是。」

伊織繞到後面的杉林。

武藏坐在竹簷下，眺望夜空下的武藏野。芒花隨著秋風搖擺。

「師父！」

「是旅人嗎？」

「不，是客人。」

「客人？」

「是北條新藏先生。」

「喔！北條先生？」

「要是他走大路就好了，沒想走入杉林迷了路。現在正繫馬在後面等待。」

「這房子無所謂前後，在這裏見他吧！去請他過來。」

「遵命！」

伊織繞到屋旁，大叫：

「北條先生，我師父在這邊。請您過來。」

「喔！」

武藏起身迎接。看到新藏已完全康復，健壯如前，內心一陣欣慰。

「好久不見了。雖然明知您避開人羣而居，卻又來打擾，實在過意不去，還請見諒！」

聽完新藏的話，武藏並不介意，請他入內。

「請坐。」

「謝謝！」

「你是怎麼找到的？」

「您是說您的住處？」

「是的。我未曾告訴過人。」

「我是聽廚子野耕介說的。聽說前幾天您已刻好要給耕介的觀音像，並叫伊織拿去給他……」

「哦，一定是伊織透露了這裏的住處。無妨，我武藏也還不到離羣隱居的年齡。況且藏身七十五天後，那些謠言也平淡下來，看來不會移禍給耕介。」

「我向您道歉！」

新藏低下頭。

「大家都被我連累了。」

「不，你的問題只算是一些枝節，主要原因要追溯到很久以前，小次郎和我武藏之間的過節。」

「小幡老師父的兒子余五郎，也被佐佐木小次郎殺死了。」

「他兒子？」

「對，他聽說我受了重傷，憤然去找小次郎算帳，沒想到反被殺死了。」

「我曾阻止他……」

武藏曾在小幡家門口見過年輕的余五郎，現在回想起來，內心感到無比遺憾。

「我能瞭解他兒子的心情。門下弟子全都離去，在下又身負重傷，老師又在前一陣子病逝——此刻我眞想立刻去殺小次郎。」

「嗯……可能因爲我沒有極力阻止。……不，也許是我的阻止反而激使余五郎前去報仇。總之，結果太令人扼腕。」

「老實說，現在我必須繼承小幡家的武學香火。除了余五郎之外，老師並沒有其他兒子。因此等於斷了香火。家父安房守向柳生宗矩先生稟報實情，幾經波折，終於讓我以養子身分繼承老師的家名。

然而我的修行尚未成熟，恐怕會玷汙了甲州流兵學名家的聲譽。」

5

武藏聽到北條新藏提到其父安房守之名，便追問：

「北條安房守不就是北條流的兵法宗家，與甲州流的小幡家並駕齊驅？」

「正是。我的祖先興於遠州。祖父曾仕宦小田原的北條化綱、氏康二代。家父受大將軍家康公的青睞，前往奉公。因此我的家門前後擔任大將軍家三代的兵法學指導。」

「你出生於兵法學家庭，爲何又成爲小幡家的入室弟子呢？」

「家父安房守不但得敎門人，也在將軍家講授兵法學，根本無暇敎導自己的兒子。因此父親叫我先到別處去拜師學藝，嘗嘗世間辛苦。」

從新藏的言行舉止，可看出他的修養。

他的父親應該就是繼承北條流的第三代安房守氏勝。母親是小田原北條氏康之女。在這種家世下，自然養成高尙的品德。

「我竟然閒聊起來了。」

新藏重新正襟危坐後，說道：

「今夜突然來訪，是奉家父安房守之命而來。本來家父要親自向您致謝，剛好家裏來了一位稀客，等著與您見面，家父才派我前來接您過去。」

說著，看了一眼武藏的表情。

「咦？」

武藏不明白他的意思，問道：

「你是說有一位客人在你家裏等我？」

「沒錯，家父要我來接您。」

「現在就去？」

「是的。」

「那客人到底是誰？我武藏在江戶幾乎沒有朋友呀？」

「是從小就與您認識的人。」

「什麼？從小就認識？」

武藏愈發不解。

會是誰？

小時候認識的人？這太令人懷念。是本位田又八？還是竹山城的武士？是父親的舊交？也許是阿通呢！——武藏不斷猜想，又向新藏追問。

新藏被問急了，只好說：

「那位客人特別囑咐不能透露他的姓名，他要給您一個意外的驚喜。您現在就動身吧！」

這使武藏更想見那位客人。會不會是阿通？他內心一再重複：

也許是阿通。

武藏起身。

「伊織！你先睡。」

新藏眼見任務達成，欣喜萬分，趕緊把繫在屋後的馬匹牽了過來。

馬背和馬鞍已被秋露沾溼。

6

「請上馬。」

北條新藏抓著馬口輪，請武藏騎乘。

武藏未拒絕：

「伊織！你先睡，我也許明天才回來。」

伊織到門口送行：

「師父慢走。」

武藏騎馬，新藏抓馬口輪，兩人走在芒草叢中，漸漸消失在滿是露水的草原中。

伊織獨自坐在竹簷下。他經常一人留守草庵。以前在法典草原上時，也常獨自看家，所以並不感到寂寞。

（眼睛……眼睛！）

練劍時武藏的聲音仍在他腦中縈迴不去。他仰望星空，思考此事。

爲什麼？

伊織不瞭解爲何自己無法正視武藏的眼光？這位純眞的少年極力想解開心中的疑惑。

這時，另有一雙眼睛從草庵前的一叢野葡萄樹裏看著伊織。

「咦？」

那是動物的眼睛。銳利的眼光並不輸給武藏持木劍瞪眼時的眼光。

「是鼯鼠吧！」

伊織認得這隻經常來偷野葡萄的鼯鼠。牠琥珀色的眼睛，反射著屋內的燈火，閃閃發光，有如妖怪的眼睛，令人毛骨悚然。

「畜牲！看我無精打采，連你這一鼠輩也要來欺我。難不成我會輸給你！」

伊織不服輸，犀利的眼光回瞪鼯鼠。

他站在竹簷下，雙手插腰，屏氣凝神，對著鼯鼠瞪眼。然而不知爲何，本來敏感、害羞的鼯鼠卻沒逃走，反瞪著伊織不放。

——我會輸給你這畜牲嗎？

伊織也僵持著。

雙方僵持了一陣子，伊織的眼光終於懾服了這隻小動物。只聽野葡萄的葉子唰唰兩聲，牠已消失得無影無蹤。

「你輸了吧！」

伊織得意洋洋。

他全身滿是汗水，但心情卻輕鬆愉快。他決定下次與師父對眼時就像剛才那樣。

接著，他放下藺草簾子，準備睡覺。草庵內雖已熄燈，但銀白色的露水亮光卻從簾子的縫隙透了進來。

本來伊織是個容易入睡的小孩，現在他總覺得腦中老是有個光亮的珠子，閃閃發光。最後，這珠子竟變成鼯鼠的眼睛，出現在他夢中。

「……唔！……唔！」

他幾次呻吟，輾轉反側。

伊織老覺得那雙眼睛就在自己被窩外面，趕緊跳起，定睛一看，果真有一隻小動物停在微亮的蓆子上，正盯著自己看呢！

「啊！畜牲！」

伊織抓住枕邊的大刀，卻揮了個空，身體也翻滾落地。卻看到鼯鼠黑色的影子停在晃動的簾子後面。

「畜牲！」

伊織砍破簾子，他胡亂砍向外面的野葡萄叢，又在原野上來回追逐，最後竟然在天空上發現了那兩隻眼睛。

原來那是兩顆斗大的藍色星星。

四賢一燈

1

遠處傳來神樂笛音。夜祭的燈火，從森林的一角，映得滿天通紅。

光是騎馬來此地，就必須花一刻鐘，可想見抓著馬口輪的新藏，到牛込來的這一路上，一定走得很辛苦。

「就是這裏。」

住家位於赤城坡下。

這裏是赤城神社境內，一大片土牆沿著坡道而築，圍住一個大宅第。

武藏來到土豪式的門口，翻身下馬。

「辛苦你了。」

他把韁繩交給新藏。

庭院的門早已開著。

在屋內等候的武士一聽到馬蹄聲，立刻拿著蠟燭出來迎接。

「您回來了？」

那武士牽過馬匹，在武藏前面引路：

「請跟我來。」

新藏也一起穿過林子，來到房子的大門口。

左右兩側都已點上燭火，安房守的僕人們鞠躬迎接客人。

「主人久候大駕，請進！」

「打擾了。」

武藏上了階梯，隨家僕入內。

這房子蓋得有點奇特。階梯一直往上延伸，可能是沿著赤城坡而蓋，兩旁是節節高升的房間和工具房。

「請稍做休息。」

僕人將武藏引到一個房間，便退出去。武藏這時才注意到原來這房間處於高地。從庭院可望見江戶城的北護城河。可想見白天一定能遠眺江戶城內的森林。

「……」

柗燈旁的拉門悄悄地開了。

一位秀麗的小侍女，衣冠楚楚，送了糕點和茶水到武藏面前，又默默地退下。

她繫著豔麗的腰帶，彷彿從牆壁裏走出來，又消失在牆壁裏。離開之後卻留下一股芳香，使得早已忘記女性的武藏重新想起了「女人」。

不久，這家的主人帶了一名隨從出現在房裏。他是新藏的父親安房守氏勝。他一看到武藏——因爲與自己的兒子年齡相彷——也把他當小孩看待。

「你來得正好。」

他略去嚴肅的禮儀。隨從拿出坐墊，他便與武藏一起盤腿而坐。

「犬子新藏受你照顧，我未前去拜謝，反而讓你光臨寒舍，眞是對不住！還請見諒。」

說完，雙手扶住扇子兩端，向武藏輕輕地點頭行禮。

「不敢當。」

武藏趕緊回禮。眼前的安房守年紀已大。前齒掉了三顆，皮膚光澤不輸給年輕人。鬢毛斑白，留著鬍子，剛好巧妙地遮住了嘴角的皺紋。

這老人看起來像多子多孫的爺爺，容易讓年輕人親近。

武藏感受到他的親和力，人也輕鬆不少。

「聽說府上有客人在等我，不知是誰？」

2

「我馬上請他過來見你。」

安房守表情沈穩。

「他跟你是熟人。眞巧，這兩位客人互相也認識。」

「這麼說來，有兩個客人囉？」

「兩位都是我的好朋友。今天在城裏遇見他們，便請他們光臨寒舍。談話中提起新藏正到山裏見你，便又聊起你。其中一位客人表示久未與你聯絡，想見你一面。另一位客人也有同感。」

安房守只談論事情始末，卻未告訴武藏客人究竟是誰？

然而武藏心中已有了譜，微笑著試探道：

「我知道了。是不是宗彭澤庵？」

安房守拍著膝蓋。

「你猜中了。」

接著又說：

「你猜得眞準。今天我在城裏遇到的正是澤庵。很懷念他吧！」

「我們的確很久未見面了。」

終於知道一位客人是澤庵。但武藏怎麼也想不出另一位客人會是誰？

安房守起身帶路。

「請跟我來。」

他帶著武藏走出房間。

出了房間。又上了一段短短的階梯，轉了個彎，走到房子最裏間。

安房守突然不見蹤影。走廊和階梯昏暗，武藏因而落後。由此也可看出這老人的急性子。

「……？」

武藏停住，安房守的聲音從一間點了燈火的房間傳了出來：

「在這裏。」

「喔！」

武藏雖然回應，卻沒移動腳步。

在映著燈火的簷下和武藏所站的走廊之間，約隔九尺，武藏似乎感到這一片沿牆的昏暗空地，令人不太舒服。

「爲何不過來？武藏先生！在這裏，快點過來！」

安房守又叫了一次。

「好！」

武藏不得不回答。但他還是不向前走。

他悄悄地往回走了約十步左右，來到後門的庭院，穿上擺在脫鞋石上面的木屐，沿著院子繞到安房守所在的房間正面。

「啊？你竟從這邊進來？」

安房守回頭看到武藏，吃了一驚。武藏從容地向屋內叫道：

「嘿！」

他滿面笑容地向坐在上座的澤庵打招呼。

「嘿！」

澤庵也張大眼睛，起身相迎。

「武藏！」

澤庵不斷地說：「這太令人懷念，我等你好久了。」

3

多年未見，沒想會在此地重逢。兩人不禁相對良久。

武藏恍如隔世。

「我先來說分手之後的事吧！」

澤庵先開口。

澤庵依然穿著粗布僧衣，毫無裝飾打扮。風貌卻與往日大不相同，說話也圓融多了。武藏也從野人脫胎換骨，變得溫文儒雅。澤庵眼見這個人活出自己的風格，深具禪學修養，內心一陣欣慰。

澤庵與武藏相差十一歲，已近四十多了。

「上次我們在京都分手之後，正巧我母親病危，便立刻趕回但馬。」

接著又說：

「我服母喪一年後，又到處雲遊。曾寄身泉州的南宗寺，也到過大德寺。之後與光廣卿等人不理會世事，吟詩作樂，飲茶彈琴，不覺又過數載。直到最近，與岸和田的城主小出右京進同路下行至江戶，正好前來看看江戶新開發的情形。」

「哦！你最近才到這裏來嗎？」

「我在大德寺與右大臣（秀忠）見過兩次面，也經常拜謁大御所。但江戶之行算是頭一遭。你呢？」

「我也是今年夏初才到此。」

「不過你的名聲已傳遍江戶了。」

武藏內心一陣羞愧：

「只是惡名昭彰……」

說著，低下頭來。

澤庵盯著他看，心中想起以前的武藏。

「不，少年得志大不幸。只要不是不忠、不義、叛徒等惡名就好了。」

澤庵又問：

「你最近的修行和處境如何？」

武藏談了這幾年來的生活。

「現在，我仍然覺得自己尚未成熟，還沒眞正悟道。越走越覺得道路遙遠，就像走在無垠的深山。」

武藏說出內心的感受。

「這是必經之路啊！」

澤庵認爲他的嘆息是正直之音，感到非常欣慰：

「不到三十歲的人，如果認爲已對『道』有初步的瞭解，那他人生的稻穗便已停止抽長。雖然拙僧比你早生十年，但若有人問我禪爲何物？我可能還會背脊發寒呢！世人卻喜歡抓著我這個煩惱大師，向我追問道理，向我求教。你沒被世人糾纏，這點就比我過得單純。住在佛門最害怕別人動不動就把你當活佛一樣來膜拜。」

兩人相談甚歡，沒注意到酒菜已擺在眼前。

「對了！安房才是主人，可否請你把另外一位客人介紹給武藏？」

澤庵這才想起。

桌上擺了四分酒菜，席上卻只有澤庵、安房守、武藏三人。

尚未出現的客人會是誰？

武藏已經猜出來了，卻默不作聲。

4

聽澤庵這麼催促，安房守有點焦急。

「現在去叫嗎？」

說完，又對武藏：

「看來你似乎已經識破我們的計謀了。這是我提議的，眞是有失面子。」

安房守話中有話，想先說明淸楚。

澤庵笑道：

「既然事跡敗露，那就向大家道個歉，打開天窗說亮話。可別因爲是北條流的宗家而放不下身段。」

安房守喃喃自語：

「看來是我輸了。」

他仍帶著些許不解的表情，說出自己的計謀，並問了武藏問題。

「老實說，犬子新藏和澤庵大師非常瞭解你的人品，才決定去邀你前來。不知你目前功夫到何種程度？當面問你，又覺不妥，才會想到先試探你的功夫。剛好寒舍有人可以擔任這項工作。老實說，他剛才就拿著刀，躲在黑暗的牆邊準備偷襲你。」

安房守用計試探武藏身手，不免羞愧難當，頻頻向武藏賠罪。

「剛才我故意誘你從那裏過來，可是你爲何繞到後面，從後院進來？……我想聽聽你的解釋。」

他注視著武藏。

「……」

武藏嘴角泛起一抹微笑，並未做任何解釋。

澤庵在一旁說道：

「安房先生，因爲你是個兵法家，而武藏是個劍士，就這個差別而已。」

「兩者差別在哪裏？」

「兵學以智能爲基礎，而劍法之道卻隨心神而定，全憑感覺行事。以兵學之理來看，你如此引誘他，照理他一定會過來。然而劍道的心機便是在肉眼未見，肌膚未接觸之前，就已洞悉未來，避開危險。」

「心機是什麼？」

「就是禪機。」

「那麼，澤庵大師你是否也瞭解此事呢？」

「我也不太清楚。」

「總之我對此事感到抱歉。一般人察覺到殺氣時，不是驚慌失措，就是想表現自己的功力，一試身手。然而武藏卻繞到後面，從庭院進來。當時我著實嚇了一大跳。」

「……」

武藏認為自己理所當然會這麼做，對方卻如此佩服，他感到沒什麼興致。只是自己掀了主人的底，且一直站在外面的那個人，無法進屋來，實在可憐，便說：

「快請但馬守先生也進屋來坐。」

「咦？」

不只安房守，澤庵也吃驚地問道：

「為何你知道是但馬先生呢？」

武藏退到末座，將上座留給但馬，回答道：

「雖然光線很暗，但我可感到牆壁陰暗處傳過來的劍氣，再看看這席上的人脈關係，可判斷除了但馬先生之外，別無他人。」

5

「你真是明察秋毫。」

安房守非常佩服。澤庵說：

「沒錯，的確是但馬先生。喂，站在外面暗處的人，武藏已經猜到了。你快進來坐吧！」

澤庵對著外面說完，那人發出一陣笑聲進了屋來。這是柳生宗矩與武藏第一次見面。

武藏剛才已退至末席。留了上座給但馬，但馬卻未過去，反而來到武藏面前與他打招呼。

「我是右衛門宗矩，請多指教。」

武藏也回道：

「初次見面。我是作州浪人宮本武藏，以後請多多指教。」

「剛才家臣木村助九郎前來稟報家鄉的父親病情嚴重……」

「石舟齋先生現在情況如何？」

「年紀大了，老是生病……」

他突然改變話題：

「家父的信裏，還有澤庵大師都常提及你。你以前曾要求與我比武，剛才沒有交手，雖然不太正式，但我覺得已經比過武了，請你別介意。」

但馬溫厚之風，親切地包容了武藏寒酸的容態。傳言果然沒錯，但馬是個聰明的賢人，武藏深有同感。

「我同意您的說法。」

武藏低伏身子回答。

但馬一年領餉一萬石，列位諸侯。論其家世，得推溯到昔日天慶年間，祖先是柳生庄的豪族，又是將軍家的兵法老師。武藏只是一介野人，根本無法與他平起平坐。

在當時，能與諸侯同席而坐，侃侃而談，實在是個例外。然而在座的除了旗本學者安房守之外，連野和尚澤庵也毫無顧忌，不拘小節，武藏因而得以輕鬆自如。

於是大家舉杯——

暢飲。

談笑。

這裏無階級之分，無年齡之別。

武藏認爲不是自己受到禮遇，而是「道」之德使然。

「對了！」

澤庵想起某事，放下杯子對武藏說：

「不知最近阿通情況如何？」

他突然提出這個問題。

武藏感到很唐突，一陣面紅耳赤。

「分手後毫無音訊，我也不知她怎麼樣了？」

「眞的毫無音訊嗎？」

「是的。」

「這怎麼行，你不能老是不知道啊！」

宗矩一聽，也問道：

「阿通是不是在柳生谷侍候家父的那名女子？」

澤庵代答：

「是的。」

宗矩表示：現在她應該已隨姪子兵庫回到故鄉，看護石舟齋了。

「她與武藏是舊識嗎？」

宗矩張大眼睛問著。

澤庵笑著回答：

「豈止認識而已！哈哈哈——」

6

席上有兵法學家，卻不談兵學；有禪僧，卻不談禪理；而但馬守與武藏同是劍人，話題卻扯不上劍道。

「武藏臉紅了。」

澤庵揶揄他，話題繞在阿通身上。除了提到阿通的人生之外，也說出她與武藏之間的關係。

「這兩個人的情結總有一天要解決。我這個野僧插不上手。可能要借助兩位大人的力量喔！」

言下之意，想藉此將武藏託但馬太守與安房太守照顧。

聊到其它話題時，但馬太守也說：

「武藏也該成家了。」

安房太守也附和道：

「是呀！你的功夫及修行練到這個地步，已經足夠了。」

從一開始，大家便力勸武藏留在江戶。

但馬守認為可以將阿通從柳生谷接到江戶，與武藏成親，兩人在江戶落腳。如此再加上柳生、小野兩家，三派劍宗鼎立，在這新都府將造成一股新勢力。

澤庵與安房守亦有同感。

尤其是安房守為了酬謝武藏照顧兒子新藏之恩，心想：

一定要推舉武藏為將軍家的兵法老師。

這件事在派新藏去接武藏來此之前，已與但馬守談過。

先看看他的人再說。

當時並未做決定，而剛才但馬在高處已試過武藏，心裏早有了底。至於他的家世、人品、修行的過程等等，澤庵保證絕對沒問題。因此大家都沒有異議。

只是要推薦為將軍家的兵法老師，得先在大將軍的旗下當武士，這是從三河時代便有的規定。今日的德川家雖然為了用才，也有新的規定。然而按新規定而召募的人，經常受人輕視，造成很大的麻煩。這點是任用武藏最大的難關。

話雖如此，若有澤庵在一旁遊說，再加上但馬和安房兩人的舉薦，此事並非不無可能。另外還有一個困難，那就是武藏的家世背景。

雖然他的遠祖是赤松一族，平田將監的後裔，但卻沒有證據。他與德川也無任何關係。反倒是關原之役時，他雖是個無名小卒，卻是德川的敵人，這點對他太不利了。

不過，關原之役後，有很多敵方的浪人受德川的徵召。若論家世，有個小野治郎右衛門躲在伊勢松坡，原只是北富家收留的浪人，他受到提拔，擔任將軍家的兵法老師。從這前例看來，也許不會有太大的障礙。

「總之，先推舉看看。最重要的是武藏本人意下如何？」

澤庵想做個結語。武藏聽了回道：

「各位太抬舉我了。我至今尚未安定下來，各方面也未臻成熟……」

澤庵聽了立刻駁斥他：

「哎呀！所以我們才勸你快點安定下來。難道你不想成家，難道你一直放著阿通不管？」

7

阿通怎麼辦？武藏聽澤庵這麼一問，內心受到譴責。

雖然阿通經常對澤庵和武藏說：

「即使無法得到幸福，我的心志卻堅定不移。」

然而世間卻不諒解。

輿論會說：這是男人的責任。

世人認爲女人付出了心意，戀愛結果的好壞，卻在於男人。

武藏也認爲男人應該負責任。他愛阿通，阿通也愛他，戀愛造成的罪孽也必須兩人一起承擔。

阿通怎麼辦？

一想到這點，武藏內心也沒有明確的答案。

主要的原因是什麼呢？

成家對自己來說還太早了。

這個想法一直潛藏在他內心。因爲他發現劍道越是鑽研，越是深不可測。他想專心於劍道，不想受到任何的打擾。

說得更清楚些。

自從武藏開墾法典草原以來，他對「劍」的看法完全改觀。對劍術者的觀點也不同於往日了。

在將軍家指導劍術，不如教老百姓治國之道。

以前的人追求以劍征服，以劍懾人。

武藏自從親手開墾土地之後，開始反省「劍道」的最高境界。

劍道即是修行、即是保護人民，須不斷地磨練。劍道是跟隨人的一生，直到老死——果眞如此的話，難道不能以此劍道來治世安民嗎？

自從他領悟這個道理後，再不喜單純追求劍法。

後來他派伊織送信給但馬守時，已經不像以往爲了打敗柳生家而向石舟齋挑戰時充滿膚淺的霸氣了。

現在武藏所希望的是，與其當將軍家的兵法老師，不如在小藩所參與政治。教導劍法，不如布施正大光明的政令。

世人聽了會笑他吧！

武士聽到他的抱負，可能會說：

傻瓜！

或說：

眞幼稚！

他們會嘲笑武藏。也許認識武藏的人會替他惋惜，認爲——從政的人會墮落，尤其會給純潔的劍蒙上一層陰影。

武藏知道，如果在這三人面前說出自己眞正的理想，他們可能也會有同樣的反應。

武藏只好以自己尚未成熟來婉拒他們的好意。

「好啦！好啦！就此說定了。」

澤庵輕鬆地說。安房守也保證：

「總之，這事交給我們就行。」

夜已深沈——

酒是喝不完的。只是燈影漸短，搖曳不止。北條新藏進來添燈油，聽到這一席話，對著父親和客人說：

「這的確是個好主意。如果大家推舉通過，一切都能實現就好了。爲柳營的武道以及武藏先生，我們舉杯慶祝吧！」

槐樹之門

1

今早起來，看不到她的蹤影。

「朱實！」

又八到廚房找人。

「不見了？」

他搖搖頭。

從很早以前他就預料到朱實會不告而別。打開衣櫥一看，果然，她新縫製的衣裳也不見了。

又八臉色大變，趕緊穿上草鞋，跑到屋外。

他到隔壁挖井老闆運平家裏找，也不在那裏。

又八開始心慌起來：

「有沒有看到朱實？」

他一路問人。

「早上看到她了呀！」

有人回答。

「啊！木炭店的老闆娘，妳在哪裏看到她？」

「她和往日不一樣，打扮得漂漂亮亮的。我問她上哪兒去？她說要到品川的親戚家。」

「品川？」

「她那兒有親戚嗎？」

這一帶的人都以爲又八是她的丈夫，而又八也是一副丈夫的姿態。

「唔！也許去品川了。」

他並沒有很強的意願去追她回來。只覺得心中很苦悶。他又氣又恨，不知如何是好。

「算了，隨她去吧！」

又八吐了一口痰，喃喃自語。

他假裝不在意，走向海邊。過芝浦街就到海邊了。

這裏全是漁家。每天早上，朱實煮飯的時候，又八都會來此撿四、五條漁夫漏網的魚，用蘆葦串起來提回家。回到家的時候，早飯也做好了。

今天早上，沙灘上也掉了幾條魚，有些還活著。又八卻沒心情撿拾。

「你怎麼了？阿又！」

有人拍他的背，回頭一看，原來是個五十四、五歲的肥胖商人，充滿福相的臉上，因微笑而露出了魚尾紋。

「啊！是當鋪的老闆呀？」

「早上天氣很清爽。」

「嗯！」

「每天早飯前你都會來此散步，有益身體吧！」

「哪裏！老闆你的身分才談得上散步養生呢！」

「看你臉色不太好。」

「嗯。」

「怎麼啦？」

「……」

又八抓起一把沙，撒向空中。

以往經濟拮据的時候，又八和朱實經常到當鋪找這位老闆幫忙。

「對了！以前我老想有機會找你同行，總是錯過機會。又八！今天你要出去做生意嗎？」

「做什麼生意？頂多是賣西瓜或水梨，反正也賺不了什麼錢。」

「你要不要去釣魚？」

「老闆──」

又八不好意思地抓抓頭：

「可是我不喜歡釣魚。」

「沒關係，如果你不喜歡，不釣也行。那條船是我的，我們可以到海上散散心。你會划槳嗎？」

「會。」

「那就來吧！我正想教你如何賺大錢，怎麼樣？」

2

兩人將船划到離芝浦海邊約五百公尺的海上，但水還是很淺，不到一支槳長。

「老闆，你說要教我賺大錢？是怎麼一回事？」

「別急，慢慢聊……」

當舖老闆龐大的身軀坐在船中央。

「阿又！把釣竿拋出去。」

「怎麼拋？」

「裝作釣魚的樣子。海上也有不少人來往，要是他們看到我們兩個人沒事在船上交頭接耳，不會起疑心嗎？」

「這樣可以嗎？」

「嗯！可以。」

老闆把上等的煙絲裝入陶煙管裏，抽著煙說道：

「在我說出計畫之前，先要問問你，你的左鄰右舍對我這個奈良井風評如何？」

「有關你的事？」

「對。」

「一般開當舖的人都很小氣，奈良井當舖卻很大方，常借錢給人。大家都說老闆大藏先生是位瞭解窮苦人家的好人……」

「不，我不是問當舖的事，而是我——奈良井店的老闆本身。」

「大家都說你是好人，慈悲為懷。我不是在你面前才這麼說的。」

「沒有人說我是虔誠的信徒嗎？」

「有啊！就因為你是信徒才會幫助貧窮人，沒有人不稱讚的。」

「縣府和村公所那邊，有沒有人去查問我的事情？」

「怎麼可能有這種事。」

「哈哈哈！你大概會認為我問這些無聊的問題做什麼？老實說，我真正的職業不是開當舖。」

「咦？」

「又八！」

「是。」

「現在有個賺千萬兩黃金的機會，恐怕你這一生再也碰不到了。」

「你說得是……」

「想不想抓一把？」

「抓什麼？」

「賺大錢的藤蔓呀！」

「怎麼抓？」

「那得看約定才行。」

「是……是的。」

「想幹嗎？」

「想！」

「如果中途反悔，你可會被砍頭喔！你想賺錢吧！好好考慮再回答我。」

「到底……做什麼事？」

「挖井。工作很輕鬆。」

「在江戶城裏？」

大藏望向大海另一端。

江戶灣滿是成列的船隻，載著木材和伊豆來的石頭，全都是修築城池的材料，船上還插著各家藩旗。

藤堂、有馬、加藤、伊達——其中也有細川家的藩旗。

「你的頭腦不錯，又八！」

大藏重新裝上煙絲：

「剛好挖井商的老闆運平住在你家隔壁，他常說人手不夠，想找你去挖井吧？現在剛好可以順水推舟。」

「只要我去挖井，你就會給我一大筆錢了嗎？」

「哎……別急，我們慢慢再談。」

3

晚上偷偷地過來，我會先給你黃金三十枚。

大藏與又八約好之後便分手。

又八腦中只留下大藏這句話。

拿這筆錢只有一個代價。

「想幹嗎？」

大藏問又八。

「想！」

對於大藏提出的條件，又八只是茫然地答應。說了這話之後，腦中再也記不得其它的事了。可是他依稀記得回答時，嘴角因顫抖而痲痺的感覺。

對又八來說，金錢是絕對的魅力。況且他現在幾乎到了窮途末路。

這一年來，他運氣一直不好。有了這筆錢，便可還清債務，往後的生活也有保障。

雖然這是他一個欲望，但在他內心，眞正的魅力是想藉此向那些看不起自己的人炫耀。

又八從船上回到岸上之後，一回到家便倒頭大睡，然而滿腦子卻都是金錢的惡夢。

「對了。我得去拜託運平先生……」

他想起此事趕緊到鄰家，運平剛好外出。

「我晚上再來。」

又八回到家裏，整個人如熱鍋上的螞蟻，無法冷靜下來。

最後他終於想起在海上時，當舖的大藏命令他做的事。這使得他全身發抖，並走到前後院張望。

「他到底是何等人物？」

又八現在才想到這個問題，同時他又想起大藏命令他做的很多事。

挖井工人都在江戶城裏的西城工作。大藏連這事都一淸二楚。

「找機會用槍打死新將軍秀忠。」

他要又八做這件事，並說會派人將短槍埋在城內。

紅葉山下西城的後門，有一棵數百年的大槐樹，樹下埋著槍砲和火繩。大藏叫又八找機會挖出來，伺機下手。

工地的監視嚴密，有不少警衛站崗。可是秀忠將軍年輕豪爽，經常帶隨從巡視工地。可趁這時給他一槍斃命。

大藏又說，趁大夥兒騷動時，放一把火，再跳到西城外的濠溝裏，他會派人接應，一定會把又八救出來。

又八茫然地望著天花板，大藏的話在他腦中不斷盤旋。

想到這裏，他全身起雞皮疙瘩。

他急忙跳起來。

「其中必有詐！我現在就去拒絕他。」

他又想到大藏當時說：

「既然我已經告訴你了，如果你不答應，不出三天，我的人就會去取你的頭。」

大藏兇狠的眼神，立刻浮現在又八眼前。

4

又八從西久保路口，轉向高輪街道的方向，夜半的海面，已出現在路的盡頭。

又八經常來這家當鋪。他沿著牆走到後院，敲敲後門。

「門沒鎖。」

門內有人回答。

「老闆！」

「是又八嗎？你來得正好，到倉庫去。」

進了遮雨門，沿著走廊來到倉庫。

「來！坐下來再談。」

主人大藏把蠟燭放在桌上，手靠在桌面。

「有沒有去找你家隔壁的運平先生？」

「有。」

「結果如何？」

「他答應了。」

「他什麼時候帶你進城？」

「後天有十個新工人會進去，到時候他會帶我去。」

「那你這邊沒問題了？」

「只要村長和村內的五人組蓋過印章就行了。」

「是嗎？哈哈！今年春天，村長也推舉我成了五人組的一員。所以你不必擔心，一定會通過。」

「咦？老闆也是？」

「怎麼了？你嚇到了？」

「沒什麼，我沒嚇到。」

「哈哈哈！是不是因為我這種人竟然是村長手下的五人組之一，你才如此吃驚？有錢能使鬼推磨，即使我不喜歡這些封號，但別人自動會誇讚我是奇人，慈悲為懷等等。阿又！你也要把握賺錢的機會呀！」

「是，是的。」

又八全身發抖，連講話都結巴。

「我、我幹！先把訂金給我吧！」

「等一等！」

大藏拿著蠟燭到倉庫後面，抓了一把黃金過來。

「有沒有帶袋子來？」

「沒有。」

「用這個包好，好好地纏在身上。」

他丟了一件破衣服給又八。

又八數都沒數就收下來。

「要不要立收據？」

「收據？」

大藏不覺笑了出來：

「你這個老實人眞可愛。不必寫收據。要是出了差錯，用你的頭來抵就行了。」

「那麼，老闆！我這就告辭了。」

「等一等，別拿了錢就忘了昨天在海上的約定喔！」

「我不會忘記。」

「城內西城的後門——那棵大槐樹下。」

「你是指槍砲的事？」

「沒錯。這兩天會去埋。」

「誰去埋？」

又八瞪大眼睛，一臉疑惑。

5

光是進城，就得透過挖井老闆運平取得村長和五人組的蓋章證明才能通過。可見入城的管制是何等嚴密。爲何槍砲能進得去？

依約定半個月後會有人把槍埋在西城後門的槐樹下。誰能如此神通廣大來做這件事呢？

又八心生懷疑，盯著大藏看。大藏則輕描淡寫：

「你不必擔心這件事。只要做好分內的事就行了。」

又說：

「你雖然通過了，但我猜你還是忐忑不安吧？只要進城工作半個月，自然膽量也有了。」

「我也認爲如此。」

「膽子夠了，再找機會下手。」

「是。」

「還有一件事。就是剛剛給你的錢，在任務完成之前，先把它埋在沒人去的地方。絕不可動這筆錢……因爲很多麻煩都是因錢而起的。」

「我會留意，請別擔心。老闆，如果我達成任務，你可得守信付尾款喔！」

「阿又！我奈良井店的倉庫裏有的是錢，你看那邊堆滿了錢箱，好好一飽眼福再走吧！」

大藏舉高手上的蠟燭，在倉庫繞了一圈。

食物箱、武器箱——那裏堆滿了各式的箱子。又八並未細看，趕緊解釋：

「我不是懷疑你。」

接著，兩人又密談了半刻鐘，又八終於興高采烈地回去了。

他一離開，就有人在叫：

「喂！朱實。」

大藏把頭探進一間有燈光的房間：

「我看他一定先去埋金子了。妳跟去看看。」

接著，一陣腳步聲從廚房傳了出去。原來是今早從又八屋子離家出走的朱實。早上她遇到鄰居，謊稱要到品川的親戚家。

事實上，朱實常到這店舖來典當。也因此才會被主人大藏相中，甚至還聽了她現在的遭遇和心境。本來大藏與她也不是最近才認識的。當年她隨著下行女郎，經中山道南下江戶時，在八王子的客棧遇見大藏帶著城太郎。大藏也在這一羣喧鬧的女人中，記得朱實的長相。

「我正在苦惱沒有女人幫忙。」

大藏話中帶話，朱實二話不說就逃到這裏來了。

對大藏來說，朱實很管用，又八也有利用的價值。他與又八的約定，在前面已經提過，整個事情就發展到現在這個地步。

毫不知情的又八，不知道朱實跟在後面。他回家拿了圓鍬，趁黑疾走在草原上，最後終於爬上西久保山，把金子埋在那裏。

朱實看清楚以後，趕緊回去向大藏稟報。大藏立刻出門，直到天快亮才回來。他在倉庫中檢查挖回來的金子，本來給又八三十枚的金子，怎麼數都只有二十八枚，損失的兩枚令他不斷搖頭。

皂莢坡

1

陷溺在仇恨當中的悲母，在一片秋蟲唧唧，蘆葦蒼茫，屋前又是一條汪汪大河的環境中，即使她是個不解風情的人，也會被這大自然所感動。

「有人在嗎？」

「誰啊？」

「我是半瓦家的人吶！葛飾那裏運來了很多蔬菜，老闆叫我送一些來給老太婆您。我背了一大袋來了。」

「彌次兵衛總是如此照顧我，請代我謝謝他。」

「要放在哪裏？」

「放在水井旁邊，待會兒我再處理。」

桌上擺了一盞燈，今夜她仍提筆寫字。

她曾發願抄寫一千部《父母恩重經》，現在已堆了一疊。

她在這濱海的小鎮租了一間房子。白天爲病人針灸，藉以餬口。晚上則抄寫經文。習慣獨自生活之後，身體日漸硬朗，今年秋天，她甚至覺得自己變年輕了。

「對了，阿婆！」

「什麼事？」

「今天傍晚，有沒有一個年輕男子來這裏？」

「是來針灸的嗎？」

「不，看來不像。那個男人好像有什麼事，到木工街來打聽阿婆您的住處。」

「差不多幾歲？」

「大概二十七、八歲吧！」

「長什麼樣子？」

「長得圓圓肥肥的，身材不高。」

「嗯……」

「那個人沒來這裏嗎？」

「沒有。」

「聽他的口音跟阿婆很像，我猜想可能是您的同鄉……那麼，我走了，晚安。」

跑腿的男子回去了。

他的腳步聲一離開，蟲鳴立刻又充滿了整間房子。

老太婆擱下筆，望著燈火。

她突然想到「燈火占卜」這件事。

在她年輕的時候，戰火瀰漫。當時很多人的丈夫、兒子、兄弟出征不知歸期，也不知自己明天的命運。所以就流行「燈火占卜」來預測吉凶。

這種方法就是，晚上點燈的時候，如果火暈美麗則有吉事；如果燈火呈紫色，充滿陰氣，表示可能有死訊。燈火呈松葉形，表示等待之人必來……

當時有人因此而憂傷，有人因此而喜悅。

這個卜卦方式是阿婆年輕時代流行的，所以她早已忘記。可是，今夜的燈暈異常地美麗，似乎在預言將有吉報。老太婆這麼一想，更覺得那燈暈映出彩虹的顏色，更加美麗。

「會不會是又八？」

阿杉婆已無心情拿筆了。她心中恍恍惚惚地描繪著逆子的面孔，整整一刻鐘，她幾乎忘了自己的存在。

喀喇——後門傳來聲響，驚醒了老太婆。老太婆心想又是松鼠鑽進來偷吃東西，便拿著蠟燭走到廚房。

剛才送來的蔬菜上面，放著一封信。阿婆打開信，發現裏面還包了兩枚金子。信上寫著：

又八

我無臉見您，半年來的不孝，請您原諒。

孩兒只能從窗口向您告別。

2

這時，有一個滿臉殺伐之氣的武士，踩著草地快速跑過來。

「濱田！不是嗎？」

他氣喘吁吁。

河邊另外站著兩名武士，正在四處張望。叫做濱田的是比較年輕的一個。

「嗯……認錯人了。」

他自言自語說著，仍張著眼睛到處尋找。

「我的確是看到他。」

「不，你看到的是船夫。」

「船夫嗎？」

「因為我一路追過來，看到他進了船篷。」

「可是也不能就這樣斷定啊！」

「不，我查過了，是個毫不相干的人。」

「奇怪了。」

這回三個人轉向濱海村方向。

「傍晚我才看到他出現在木工街，一路追他到這裏。這傢伙逃得眞快！」

「到底逃到哪裏去了？」

他們的耳中傳來河水聲音。

三個人站在原地，豎起耳朵仔細聆聽黑暗中的動靜。

接著，他們聽到：

又八……又八……

過了不久，河邊又傳來相同的呼叫聲。

「阿又呀！又八……」

起先還以爲聽錯了，三個人都默不作聲，後來才驚覺到一件事。

「那聲音在叫又八啊！」

「是老太婆的聲音。」

「又八不就是我們在追的傢伙嗎？」

「沒錯。」

濱田先跑過去，另外兩人也跟在後面。

循著聲音很快就追上了。因爲對方是個老太婆，腳程較慢。而且，阿杉婆聽到背後的腳步聲，反而朝他們跑過來：

「又八有沒有跟你們一起？」

老太婆問他們。

三個人分別抓住老太婆的雙手和衣領。

「我們也在追又八，妳是什麼人？」

阿婆尙未回答。

「幹什麼？」

她像一條生氣的河豚，鼓著刺，甩開他們的手：

「我才要問你們是什麼人呢！」

「我們嗎？我們是小野家的門人。這位是濱田寅之助。」

「小野又是誰？」

「就是將軍秀忠的兵法老師，小野派一刀流的小野治郎右衛門，妳不知道嗎？」

「我不知道。」

「妳這老太婆！」

「慢點、先別動怒！問問這老太婆和又八的關係。」

「我是又八的母親，怎麼樣？」

「妳就是西瓜販又八的母親？」

「你在胡扯什麼呀？別以為我們是外地人就欺侮我們。竟然說我們是賣西瓜的。我們祖先可是美作國吉野鄉竹山城之主新免宗貫的部下，領鄉地百貫，堂堂正正的本位田家。又八是本位田家的兒子，我是他母親。」

對方充耳不聞。一人說道：

「喂！少囉唆！」

「怎麼辦？」

「把她抓起來。」

「當人質嗎？」

「既然是他的母親，他一定會來要人的。」

老太婆一聽，扭著乾瘦身子不斷地反抗。

3

佐佐木小次郎最近不但碰到太多無聊的事，而且有件事令他憤恨不平。

他最近老是在睡覺。在月岬的住處，即使是白天也是想睡就睡。

「我如此墮落，大概連長劍『曬衣竿』都要哭泣了。」

抱著長劍，仰躺在榻榻米上，小次郎抑鬱寡歡。

「這把名劍，憑我這等劍法，竟然連五百石的職位都找不到，難不成我就這樣老朽下去嗎？」

才剛說完，突然拔出「曬衣竿」：

「瞎子！」

他躺在牀上將劍揮向上方，劍光畫了一個半圓之後，立刻又竄回劍鞘。

「眞高明！」

岩間家的僕人從窗口說道：

「您在練拔劍術呀？」

「你在說什麼傻話？」

小次郎趴在地板上，撿起掉在地板上的小蟲，用指頭彈出窗外。

「你看這傢伙飛到燈邊煩人，被我解決了。」

「喔！是蟲。」

僕人靠過來，睜大眼睛看。

是一隻像蛾的蟲，柔軟的翅膀和肚子，被切成兩半。

「你來鋪牀的嗎？」

「不是。我差點忘了正事。」

「什麼事？」

「有一個木工街的使者送信來後走了。」

「信……」

信是半瓦彌次兵衛派人送來的。

最近，小次郎對半瓦那邊漠不關心，因爲那邊實在太囉唆了。現在他躺著打開信。

看著信，他的表情有點變化。信上寫著：

昨夜阿杉婆行蹤不明。今日出動全體門人，終於打聽到她的下落。她落在別人手中，以我的力量不足以解決事情，才寫信和您商量。

以前您在某家客棧的紙門上所寫的告示，已經被人塗改爲：

致佐佐木先生

又八的母親在我這裏

小野家臣濱田寅之助

彌次兵衛的信寫得很詳細，連這小地方全都寫上去。

小次郎看完，心想：

「終於來了！」

他盯著天花板看。

在這之前小野家一直沒有反應，讓小次郎空等待。因爲小次郎曾經在某客棧外，殺死小野家的兩名武士，並堂而皇之地把自己的名字留在客棧的紙門上，之後，他一直在等對方的反應。

終於來了！

他等待了這麼久，對方終於有了反應，這使他露出難得的微笑。他走到屋簷下，望著夜空——天空有雲，但不會下雨。

過了不久。

小次郎坐著馬車，離開高輪街。馬車很晚才到達木工街的半瓦家。聽彌次兵衛道出原委之後，心中已有了決定。當晚即住在半瓦家。

4

小野治郎右衛門忠明，以前叫做神子上典膳。關原戰後，在秀忠將軍的陣營講授過兵法。因這個機緣擢升爲幕士，獲頒江戶神田山的一戶宅第，與柳生家並列爲兵法教練的地位。之後，才改爲目前的姓名。

這是神田山小野家的由來。從神田山可淸楚望見富士山。近年來，駿河（譯註：今之靜岡縣）來的民衆，不少人在這一帶定居，因此最近這一帶也稱爲駿河台。

「奇怪？我一路問過來，怎麼不見皀莢坡？」

小次郎爬上山頂，站在那裏。

今天看不見富士山。

他從崖邊探視深谷，透過樹梢，隱約可見山谷下淙淙的流水。這便是茶之水河流。

「師父！我去探路，您請在此稍候。」

帶路的是半瓦家的一位年輕武士。他說完便跑掉了。

過了不久，他回來。

「找到了。」

他向小次郎說道。

「在哪裏？」

「就在剛才我們上坡來的途中。」

「那裏有房子嗎？」

「聽說他是將軍家的兵法老師，我還以爲他住得跟柳生家一樣氣派。沒想到我們剛才看到的破舊房子就是他家。我想那是以前馬奉行住的地方。」

「也許是吧！柳生家領餉一萬一千五百石，小野家只領三百石啊！」

「差那麼多嗎？」

「兩家的武術沒什麼差別，可是家世卻不同。柳生有七成的薪俸是靠祖先之名而得的。」

「就是這裏……」

武士用手指道。

「原來是這裏。」

小次郎停下腳步，先端詳房子的四周外貌。

馬奉行時住的舊土牆，從坡道中間向山裏延伸進去，占地寬廣。土牆有一道門，卻沒有門板。小次郎向裏面望去，看到主屋後面有一棟像是新蓋的武館，又像是用嶄新的木頭增蓋的房子。

「你可以回去了。」

小次郎對帶路的武士說：

「你轉告彌次兵衛，如果今晚之前沒有帶回阿杉婆，那表示我已經死了。」

「遵命。」

武士跑向皀莢坡下，並不斷地回頭望。

即使接觸柳生家也是徒勞無功。因爲就算擊敗對方，自己的名聲取代對方，世人也會以柳生家是御止流，是將軍家流爲理由，根本不可能讓一名浪人劍士有出頭的機會。

小野家卻相反。雖然俸祿不高，卻以強豪聞名，也常接受別人的挑戰。再怎麼說都是三百石。他和柳生的大名劍法不同，是以鍛鍊殺伐實戰爲目標。

但是，從來沒有人打敗過小野派一刀流的劍法。

世人雖尊敬柳生家。但大家都說小野家的刀法比較厲害。

小次郎乍到江戶時，得知此事後，心中便一直在期待：
終有一天來叩皀莢坡的大門。
現在，這扇門就在他眼前。

忠明發狂始末

1

濱田寅之助出身於三河，有良好的家世背景，雖然薪俸不多，但在江戶，光靠他家世之名，也算是有頭有臉的幕士。

現在——

同門的沼田荷十郎在武館旁的房間裏，望著窗戶外面。突然對寅之助說：

「來了！來了！」

聲音雖小，卻說得很急促。還跑到武館中央告知寅之助。

「濱田！好像來了。」

濱田沒有回答。

他手握著木劍，正在教導一位後輩劍法。他背對著沼田。

「你準備好了嗎？」

他告知面前的徒弟即將出招。他直舉木劍，噠、噠、噠地劈了過去。

那位徒弟被逼得退到武館北邊的角落，被濱田用力一揮，打落了木劍。

寅之助這才回頭：

「沼田，你說佐佐木小次郎來了嗎？」

「是的。剛才我看到他進門了，馬上會到這裏。」

「沒想到他這麼快就來了。人質眞管用。」

「怎麼辦？」

「什麼？」

「該誰出去？怎麼跟他打招呼？他獨自一人前來，膽子夠大了。我們要有萬全的準備才行，否則他若有什麼舉動，可就不妙啊！」

「請他到武館中央，我會跟他打招呼。大家在一旁戒備，不准出聲。」

「嗯，我們這些人夠了。」

荷十郎看了一眼周圍的弟子。

龜井兵助、根來八九郎、伊藤孫兵衛等人增加了不少氣勢。況且還有將近二十人的門徒。

這些門徒剛才已經知道事情的經緯。在某客棧空地被小次郎殺死的兩名武士，其中一人便是濱田寅之助的哥哥。

雖然寅之助的哥哥不是一個好人，在武館風評也不好。但是他被殺，小野派的人對佐佐木小次郎仍然非常憤怒。

不能坐視不管。

尤其是濱田寅之助，師事小野治郎右衛門之後，與龜井、根來、伊藤等人同是皀莢坡的名將。小次郎在客棧紙門上寫下不遜的留言，並公開示衆——寅之助如果坐視不管，豈不有損小野一刀流的名聲。因此他暗中一直留意事件的發展。

碰巧昨夜發生了一件事。

寅之助和荷十郎等人不知從何處抓來了一個老太婆。同輩們聽了原委之後，都拍手叫好：

「抓這個人質太好了。用她來釣小次郎，實在是個高明的策略。等他來了，我們要把他打得落花流水，削去他的鼻子，最後把他綁在神田川的樹上，曬曬太陽。」

小次郎到底來不來？今天早上大家還議論紛紛呢！

2

大部分的人都猜小次郎不會來。但是剛才荷十郎說：

小次郎進門來了！

「什麼？來了？」

在場衆人頓時臉色如土。

濱田寅之助的手下立刻向廣大的武館兩旁站開，嚥著口水等待。
大家都在傾聽武館門口的動靜，等著小次郎上門來。
「喂，荷十郎！」
「嗯？」
「你確定看到他進門來了？」
「是呀！」
「這時候應該走到這裏了呀？」
「卻沒看到人。」
「太慢了。」
「奇怪？」
「是不是看錯人了？」
「不可能。」
大家坐在地板上嚴陣以待。這會兒才意識到緊張的心情使得身體疲累不堪。就在此刻，窗外傳來草鞋聲。
「各位！」
有個門人從窗外探頭進來。
「喔！什麼事？」

「不管你們怎麼等，佐佐木小次郎不可能會來這裏的。」

「可是荷十郎剛才明明看到他進了大門。」

「因爲他直接走到主屋，也不知他如何進了門，正在客廳和主人談話呢！」

「咦？和主人談話？」

濱田寅之助聽了非常驚慌。

如果要追究哥哥被殺的事，那麼就會查出哥哥不軌的事跡。因此，寅之助向師父小野治郎右衛門稟報這件事時，盡量說得好聽。尤其不敢提及昨夜從濱海街的草原抓來老太婆當人質的事。

「喂！你說的是眞的嗎？」

「誰會騙你，如果你不相信，可以到主人的客廳去看個究竟。」

「糟了！」

大家聽到寅之助驚慌失措的聲音，更恨得牙癢癢的。不管小次郎到師父治郎右衛門的住所做什麼？也不管小次郎是否玩弄詭計、籠絡師父。大家不是都應該義不容辭與他堂堂對決，指出他的罪狀不可嗎？

「怕什麼？我們去看那邊的情況。」

龜井兵助和根來八九郎兩人走到武館門口，穿上草鞋，正要走出去。住所似乎發生了事情。有位姑娘臉色驚慌地跑了過來——是阿光。兩人止步，館內的人也全跑了出來。聽完她的話之後，大家都大吃一驚。

「大家快來呀！伯父和客人拔刀相向，在院子裏打起來了。」

3

阿光是治郎右衛門忠明的姪女。傳說是一刀流的師父彌五郎一刀齋之妾所生，由他扶養長大。但不知是眞是假。

這個女孩子長得白皙姣好，亭亭玉立。

阿光又說：

「我聽到伯父和客人在房裏大聲吵架，跑過去一看，他們已經在院子裏打起來。萬一伯父有什麼意外，怎麼辦？」

「啊？」

龜井、濱田、根來、伊藤等人聽了都驚慌不已。

他們來不及問個仔細，就趕緊跑了過去。

武館與住所有一段距離。到住所之間，隔著一道圍牆，有一扇竹編的中門。像這種隔牆，另有獨棟住宅的建築，是一般城郭生活常有的格局。大一點的武士家還加蓋部下和食客們住的房子。

「哎呀！門鎖住了。」

「打不開嗎？」

門徒合力撞開竹門。走進環抱後山約四百坪的院子裏，看到師父小野治郎右衛門忠明正握著平日用的行平刀，眼神微向上瞪著對方，擺出架勢。離他一段距離的地方，佐佐木小次郎高舉著「曬衣竿」，態度傲然，目光如炬。

眾人倒吸一口氣，看得目瞪口呆。四百坪大的庭院裏，似乎拉著一條無形的繩子，令人無法越界。

「……」

門徒慌張趕來，卻只能遠處觀望，大家急得毛髮豎立。

對峙的雙方之間，戒備森嚴，不容別人從中插手。無知蒙昧的人也許會丟石頭或吐痰，但受武士教養的人並不會如此。

「啊？」

他們受到森嚴的劍氣所感動，一時間忘了仇恨，只在一旁觀看。

然而這種忘我的情形只維持了片刻時間，大家立刻回過神，恢復原來的心情。

「哼！」

「過去相助。」

兩、三個人跑到小次郎背後。

「別過來——」

忠明大聲叱責。

他的聲音異於往日，帶著一股冷然的霜氣。

「啊！」

這幾個人只好後退，手握著刀在一旁觀看。

不過大夥兒互使眼色，只要忠明一有點落敗的跡象，便羣起圍攻小次郎。

4

治郎右衛門忠明還相當健壯。大約五十四、五歲，頭髮黝黑，看來只有四十幾歲。

雖然身材不高，但腰桿筆直，手腳修長，全身富有彈性，一點也沒有老化現象，看起來也不算矮小。

小次郎與他對峙，尚未出招。不，應該說他無機可乘吧！

但是，忠明一開始舉劍與小次郎對峙時，便感到一股壓力。

這個傢伙……

是個勁敵，他全身爲之緊繃。

難道是善鬼再世!?

他甚至這麼感嘆。

善鬼——自己與善鬼交手之後，很久沒有遇過如此霸氣的劍風了。

當忠明還年輕，名字還叫神子上典膳的時候，善鬼與他同是伊藤彌五郎一刀齋的門下，是個殘暴可怕的師兄弟。

善鬼是一個船夫的兒子，沒受什麼教養，但天性強悍。後來連一刀齋都拿善鬼的劍沒辦法。

師父年老力衰，善鬼踩在師父頭上，自稱一刀流是他自創的流派。一刀齋眼見善鬼的劍逐漸走向殘暴之途，擔心將成爲社會的禍害。

「我這一生，錯在培養善鬼。」

師父如此感嘆。

「我一看到善鬼，體內邪惡的部分全部會爲之躍動，因爲我如此痛恨他，使我幾乎像個魔鬼。因此我一看到善鬼，就連自己都討厭起自己來了。」

師父也曾如此述懷。

然而對典膳來說，因爲善鬼的存在，使他有了前車之鑑，不斷砥礪自己練好劍法。終於在下總的金原與善鬼比武時，把他斬了。因此一刀齋將一刀流的認可和秘笈傳給典膳。

現在——

看著佐佐木小次郎，使他想起了善鬼。

善鬼雖然武功高強，卻沒有教養。而小次郎不但武功高強，更有符合時代的銳智和武士的修養。

這些優點全部集中在他的劍上。

忠明凝視著小次郎。

不是他的對手。

他內心終於放棄與小次郎對峙的念頭。

對柳生，一點也不卑躬屈膝，對但馬宗矩的強大實力，也不買他的帳——然而今天卻不一樣——面對佐佐木小次郎這個年輕人，忠明眞心感到自己的劍法已老耆。

我快跟不上時代了。

有人說：

追趕前人容易，

超越後人困難。

他從未如此痛切的覺悟到這句話。自己曾與柳生並駕齊驅，歷經一刀流全盛期。然而隨著年紀老大，正要開始安養晚年的時候，沒想到社會上已經出現如此優秀的麒麟兒。這個小次郎，簡直令人驚嘆不已。

5

雙方處於膠著狀態，始終保持同樣的姿勢。

可是小次郎和忠明，體內已經消耗了驚人的生命力。

他們的髮根滲出汗珠，喘著鼻息，臉色發白。雙方的劍看似一觸即發，卻還是保持最初的姿勢。

「我輸了！」

忠明叫了一聲。接著刀和身體向後退了回去。

也許這一句話，對方並未聽清楚。只見小次郎的身體跳向空中。同時揮出「曬衣竿」，引起一陣旋風，像是要把忠明切成兩半，結果忠明的髮束被旋風捲起的同時，亦被切斷。

忠明肩膀一個閃躲，手中的行平刀亦向上揮去，正好把小次郎的袖口切去了五寸，飛到空中。

「這太沒道理了。」

門徒的臉上燃燒著憤怒。

忠明剛才分明說了：

「投降了！」

可見雙方志不在打架，而是比武。

然而小次郎竟然趁此空隙，攻擊對方。

既然他如此罔顧比武道德，門徒也不能再袖手旁觀。大家的情緒已經化爲行動。

「哼！」

「別動！」

大家就像雪崩似地向小次郎湧去。小次郎像隻鳥般迅速移動位置。以輕功跳到庭院角落一棵大棗樹下。身體半掩在樹幹後面，他兩眼骨碌碌地轉動，大聲怒斥：

「看到勝負了嗎？」

小次郎一副勝利的姿態。

「看到了。」

忠明在另一方回答。然後又叱責門人：

「退下。」

說完，收起刀鞘，走到書齋簷下，坐了下來。

「阿光！」

他呼叫姪女：

「幫我束好頭髮。」

說著，用手把散亂的頭髮抓在手上。

阿光幫他紮綁頭髮，這才喘了一口氣。她注意到忠明的胸膛閃著汗珠。

「隨便紮就好。」

從阿光的肩膀可看到小次郎。

「拿水給那位年輕的客人，並請他回到剛才的座位。」

「是！」

然而忠明卻沒回客廳，他穿好草鞋，看著門徒。

「大家武館集合。」

下達命令之後，自己先走了。

6

門人無法理解。尤其是師父治郎右衛門忠明竟然對小次郎大叫一聲：投降了。這太意外了。

這到底是為什麼？

無敵小野派一刀流的名聲，因為這句話而一敗塗地。

大家臉色發白，有的強忍著憤怒的淚水，直盯著忠明。

武館集合——大家聽到這個命令，二十幾個人趕緊到武館，排成三列坐在地板上。

治郎右衛門神情落寞，坐在上座，望著大家的臉，久久才開口：

「我年紀大了，跟不上時代潮流。」

他又繼續說：

「回顧自己走過的路，師事彌五郎一刀齋，打敗善鬼的時候，是我的劍法的全盛時期。在江戶擁有門戶，列席將軍家的兵法教練，世人誇稱我們是『無敵一刀流』、『皀莢坡的小野家舉世無雙』，就在這個時候，我的劍法也開始走下坡了。」

「……」

門人還抓不住師父話裏的重心。

雖然大家一片靜肅，但臉上仍露出不平、困惑的表情。

「我想……」

忠明突然出聲，並張大眼睛說道：

「這是人的通性，也是隨著歲月年老力衰的徵兆。在這段歲月裏，時代不斷遷移。長江後浪推前浪。年輕的一輩開拓了新的道路。這是個好現象。因為世界是不停地在變化呀！可是，劍法卻不允許如此。我們必須追求百年不朽的劍道。」

「……」

「譬如，拿伊藤彌五郎師父來說，不知道他現在是生是死？毫無消息。但是，當我在小金原斬死善鬼的時候，他立刻授給我一刀流的綬印。並從此隱居山林，繼續探求劍、禪、生、死的道理。祈求能登上大徹大悟的山峰。比起師父，我這個治郎右衛門忠明比他老得還快，今日竟然失敗，簡直無顏面對大師父彌五郎。以往我從未如此深切地自我反省，現在感到後悔不已。」

徒弟們已聽不下去。

「師、師父！」

根來八九郎坐在地板上說道：

「您說自己輸了，但我們相信師父您的武功不可能輸給那個年輕人的。今天的事，是否另有隱情？」

「隱情？」

忠明笑了一下，搖搖頭。

「眞劍對峙，分秒必爭，怎麼還會有隱情？我不是輸給那個年輕人，而是輸給不斷變遷的時代。」

「可、可是……」

「好了。」

他沈穩地阻止根來繼續講下去。又重新面對大家：

「那邊還有客人在等我。我就簡單地向各位說明我的希望。」

7

「從今以後，我將自武館引退。也打算從世上退隱下來。但不是隱居。我想效法師父彌五郎入道一刀齋，到山林尋求各種道理，以期在晚年能有所大悟。這是我第一個希望。」

治郎右衛門忠明向弟子們表白自己的心意。

因爲弟子之中的伊藤孫兵衛是自己的姪子，所以託這位姪子照顧兒子忠也。而且也會向幕府陳情，說明自己即將出家遁世的意念。

「這是第二個心願，要拜託各位了。」

另外他又對弟子們說：

「我敗給年輕後輩佐佐木，心裏一點也沒有恨意。可是，別處已有他這種新進之秀，而小野武館竟還未出過俊秀之才，我感到非常羞恥。也是因爲門下弟子大部分家世背景良好，有很多人是幕士，所以經常藉著權勢，高傲自大，常以一刀流自誇，才不容易進步。」

「師父，恕我插嘴，我們絕沒有如此驕傲怠惰……」

龜井兵助用顫抖的聲音說著。

「住口！」

忠明瞪著他，語氣充滿爲師者的威嚴。

「弟子的怠惰，就是爲師的怠惰。我自己感到很慚愧。這點我自己會有個了斷。我並不是說你們全體都很驕傲怠惰，但有少部分的確是如此。你們必須掃除這個惡習，好讓小野武館成爲充滿活力、做事堂堂正正、孕育時代幼苗的地方。要不然，忠明引退，促進改革的努力，就變得毫無意義了。」

他沈痛的說辭充滿誠意，點點滴滴滲入弟子們的肺腑。

在座的弟子都垂頭喪氣，聽著師父的教誨，也不斷地自我反省。

「濱田！」

忠明叫道。

濱田寅之助突然被叫到名字，嚇了一跳。

「在！」

他抬頭望著師父的臉。

忠明一直盯著寅之助看。

寅之助被看得低下頭。

「站起來！」

「這……」

「站起來！」

「唔……」

「寅之助！你不站起來嗎？」

寅之助從三列弟子當中站了起來。其他的師兄弟或朋友猜不著忠明的用意，不敢作聲。

「寅之助！你今天已被我逐出師門。將來如果你重新修練，努力不懈，能瞭解武術的眞諦時，再來跟同門師兄弟見面吧！現在你去吧！」

「師、師父！請告訴我爲什麼？我不認爲我應被逐出師門。」

「你對武術之道認識錯誤，至今還不知道自己錯在哪裏？日後你再捫心自問就會明白。」

「請您現在告訴我。如果您不說，我寅之助絕不離開這裏。」

他情緒激動，臉冒青筋地說著。

8

「好吧！我告訴你。」

忠明只好說出將寅之助逐出師門的理由。寅之助站在原地，與其他門人一起聽師父的訓誨。

「卑劣——這是武士最輕蔑的行為。在兵學上也最忌諱如此。有卑劣行為時便逐出師門，這是我們武館的鐵則。然而濱田寅之助的哥哥被殺之後，寅之助竟然沒找當事人佐佐木小次郎報仇，卻找了一個賣西瓜的男子復仇，還抓其母親來當人質。這是武士該有的行為嗎？」

「不！這是為了引誘小次郎來此而採取的手段。」

寅之助力圖辯解。

「這就叫卑劣。要找小次郎報仇，為何你不親自到小次郎住處，直接下挑戰書，堂堂正正向他挑戰？」

「我、我也不是沒這麼想過。」

「你想過？那當初為何猶豫不決？你剛才說的不就是表示，你想把小次郎誘到這裏，好仗眾人的力量收拾他，這就是卑劣的行為。相反地，我卻很佩服佐佐木小次郎的作風。」

「……」

「他隻身前來，並未直接找這些用卑劣手段的弟子報仇。他認為弟子的錯，就是為師的錯，才會向我挑戰。」

在座弟子這才瞭解師父最初的動機，是緣由於此。

忠明接著說：

「當我與小次郎真劍對峙的時候，我治郎右衛門也發現自身仍有諸多缺點，所以才會認輸的。」

「……」

「寅之助，你還認爲你是對的嗎？」

「對不起……」

「去吧！」

「好的，我走。」

寅之助低著頭退出武館。約走了十步，突然雙膝跪地、兩手扶在地上。

「師父請保重。」

「嗯……」

「大家也保重。」

他的聲音沈重，向大家告別。然後悄悄地離開。

「我也要隱姓埋名了。」

忠明站了起來。在座弟子傳來了嗚咽聲，也有人放聲哭泣。

忠明一臉愁容，望著痛哭流涕的弟子。

「今後大家要互相勉勵。」

忠明最後的交代，充滿了爲師之愛。

「你們在難過什麼？你們必須把屬於你們的世界帶到這個武館來。從今以後你們要謙虛爲懷，互相砥礪，更上一層樓！」

9

忠明離開武館，來到客廳。

「失禮了。」

他向在此久等的小次郎道歉，然後坐了下來。

小次郎臉色絲毫沒有改變，與平常無異。

忠明先開口：

「我剛才已訓誡過我的門人濱田寅之助，並把他逐出師門。叫他以後要改過向善，努力修練武功。還有，寅之助抓來當人質的老太婆，我一定會送還。是由你帶回去，還是我另外派人送回去？」

小次郎回答：

「我很滿意您的處置。就由我帶她回去吧！」

他準備打道回府。

「既然決定，還請你將今天的怨氣付諸流水，別再計較。讓我請你喝一杯酒。阿光！阿光！」

忠明拍手叫姪女過來，並吩咐她：

「備酒。」

剛才雙方眞劍對峙時，小次郎幾乎消耗了所有的體力。之後又獨自在此等候良久，因此很想早點離去。可是又擔心對方以爲他是害怕退縮，所以勉爲其難地答應了。

「那麼，我就恭敬不如從命。」

說完，拿起杯子。

小次郎已經不把忠明放在眼裏，可是嘴裏卻說著違心之論——今天我終於遇上高人，我的劍法還跟不上您。不愧是一刀流的小野家——他藉著褒獎對方，以提高自己的優越感。

小次郎年輕、充滿霸氣。忠明連喝酒都覺得敵不過他。

然而，忠明以大人的眼光來看小次郎的話，雖然自認敵不過他，但覺得佐佐木是個危險的年輕人。以他的素質，如果好好培養，將會風靡天下。可是，要是他走向邪惡之道，可能要成爲第二個善鬼了。

忠明感到惋惜。

如果他是我的弟子……

這話到了忠明嘴邊，又嚥了回去，結果他什麼也沒說。

對於小次郎的褒獎，只是謙虛地笑而不答。

閒聊之中，也提到武藏。

最近，忠明聽說宮本武藏以一個無名劍士，受北條安房守和澤庵和尚之推舉，將進入將軍家擔任兵法教練。

「哦？」

小次郎只應了一聲，臉上掠過一抹不安的神情。

夕陽西下，小次郎準備告辭。

「我要回去了。」

忠明吩咐姪女阿光。

「妳攙扶老太婆，送他們到山坡下。」

一生恬淡正直，不像柳生經常斡旋於政客間，個性純樸的治郎右衛門忠明不久便在江戶銷聲匿跡了。

「忠明已逐漸接近將軍家了，怎麼會這樣？」

「如果再加把勁，不怕無法出人頭地……」

世人對他的遁世，充滿了不解。也有人誇大佐佐木小次郎的勝績，到處傳言：

「聽說小野治郎右衛門發狂了。」

悲天憫人

1

昨夜一場暴風雨，眞是可怕。

連武藏都說他生平從未見過這麼大的暴風雨。

兩百十日，兩百二十日。

伊織對暴風雨的處理和預防，比武藏還要細心。昨夜暴風雨來襲之前，他已將竹屋頂固定好，並壓上石頭。可是，不到半夜，屋頂就被強風掀開，吹得無影無蹤了。

「啊！我連書也讀不成了。」

懸崖上和草叢中滿是書的碎片，伊織只能望之興嘆。

被害的不只是書，他和武藏所住的家已經全部倒塌，無法修復了。

武藏卻無視於這一切，不知跑到哪裏去了。

「你先把火升起來！」

他交代伊織之後，便出門去。到現在還沒回來。
「師父可眞悠閒吶！竟然跑去看稻田裏淹水。」
伊織開始生火，他用房子的木板和牆壁來生火。
「今晚不知要睡哪裏呢？」
濃煙不斷燻著伊織的眼睛，木材潮溼，根本燒不起來。
武藏還沒回來。
伊織發現一些栗子和小鳥屍體。
他將這些東西烤了之後，當早餐吃了。
中午，武藏終於回來了。過了半刻左右，後面一羣披簑戴笠的村人也跟著來了。大家感謝武藏的幫忙，水才能那麼快退去。一些生病的人也倖免於水難。
村人本來都自顧自的，每次遇到暴風雨，只爲自己處理善後，有時甚至發生爭吵。這次卻在武藏的指揮下，村人同舟共濟，不分你我，互相合作，很快就解決了水患的問題。所以這些農夫才會如此感激武藏。
「原來師父是去指導他們呀？」
伊織這才瞭解武藏一大早出門的用意。
伊織也爲武藏烤了死鳥肉當早餐。
「我們有很多食物。」

村人送來豐富的食物。

有甜點也有醃漬品。

還有伊織最喜歡吃的餅乾。

死鳥肉非常難吃，伊織眞後悔先吃了早餐。現在，他終於明白人們只要捨棄自我，大家同心協力，就不愁沒東西吃了。

「我們會幫你們蓋一棟更堅固的房子，今夜就住到我家吧！」

一位老農夫這麼說著。

這位老農夫的房子是一棟古老的宅第。當天晚上武藏和伊織就住在這老農夫家裏，被雨打溼的衣服也全部烘乾了。

「咦？」

兩人上牀準備睡覺。

伊織轉身問身邊的武藏：

「師父！」

「嗯？」

「您有沒有聽到遠處傳來神樂的聲音？」

「好像有，又好像沒有。」

「奇怪了？大暴風雨之後，怎麼會有人演奏神樂？」

「……」

此時武藏已經睡著了，伊織也昏昏欲睡。

2

第二天早上。

「師父！聽說秩父的三峰神社離這裏不遠。」

「嗯，是不太遠。」

「您可不可以帶我去參拜？」

伊織不知想起何事，今早突然興起這個念頭。

問他原因？他說：昨晚聽到神樂的聲音，覺得很好奇。一早起來，便問這家的農夫，才知道附近有一個阿佐谷村。從很久以前就流傳著阿佐谷神樂。有一個傳統神樂師就住在那附近，每月的三峰神社祭月節時，這家的樂師便到秩父去演奏，伊織昨晚聽到的可能就是這個樂聲吧！音樂和舞蹈的場面都很壯觀。但伊織只知道神樂，且三峰神社的神樂是日本三大神樂之一，屬古典音樂。伊織聽到這個消息，很想到秩父去看看。

「好嘛，好嘛！師父！」

伊織向武藏撒嬌，又說：

「反正我們的房子五、六天之內也蓋不好……」

伊織不斷地央求武藏。

看伊織如此撒嬌，令武藏想起了城太郎。

城太郎以前也經常撒嬌，他不但會纏人還很任性。

然而伊織卻很少如此。有時武藏甚至覺得伊織太過於沈靜，令人感到寂寞，伊織實在不像個小孩。

他和城太郎的個性也不一樣。他的性格大部分是武藏訓練出來的。武藏對他非常嚴格，弟子和師父的關係分得很清楚。以前武藏只是把城太郎隨意帶在身邊。有鑑於此，他對伊織才會如此嚴格，讓他明白師徒的分際。

伊織很少像今天這般撒嬌。

「嗯……」

武藏稍微思考了一下。

「好！我帶你去。」

伊織聽了雀躍不已。

「今天天氣眞好。」

他已經把前夜暴風雨的事情忘得一乾二淨。他們向老農夫告別，並帶了便當和草鞋。

「走吧！」

他催促著武藏。

村人答應在他們回來之前，重新蓋好他們的草庵。兩人走到原野，看到大大小小的積水，前天晚上的暴風雨就像一場惡夢。現在又看到小鳥到處飛翔，藍天萬里無雲。

三峰神社的祭典共有三天。武藏決定去之後，伊織也放下心來，不急著趕路，因爲他一點也不擔心會趕不上祭典。

當天晚上他們住在田無鎮的旅館，很早便入睡。第二天仍繼續走在武藏野的草原上。入間川的水量比平常多了三倍。土橋已被水淹沒，無法通過。附近的居民駕著小船在兩岸之間打下木樁，開始搭橋。

伊織在等待橋造好之前，到處蹓躂。

「哎呀！這裏有很多長矛呀！還有盔甲和武器。師父！這附近曾經是戰場嗎？」

伊織挖出河邊的沙子，找到一些生銹的大刀，還有舊錢幣。正撿得起勁，突然嚇了一跳。

「啊！人骨。」

他縮回手。

3

「伊織！把那白骨拿到這裏來。」

剛才伊織是不小心碰到的，現在根本不敢伸手去拿。

「師父，您要做什麼？」

「我要把它埋在人們踩不到的地方。」

「可是，人骨不只一兩根呀！」

「在橋修復之前，剛好夠時間埋葬，有多少就撿多少過來。」

武藏說著，並環顧四周的河岸。

「把屍骨埋在那龍膽花的附近吧！」

「可是沒有圓鍬呀！」

「用那把破刀挖吧！」

「好。」

伊織挖了一個洞。

然後把撿來的長矛、戰甲、古錢跟白骨一起埋葬。

「這樣可以嗎？」

「嗯，放一塊石頭當墓碑。如此一來，這堆白骨也得以供養了。」

「師父，這附近的大戰發生在什麼時候？」

「你忘了嗎？你在書上應該讀過。」

「我忘記了。」

「在《太平記》裏記錄了元弘三年和正平七年的兩次大戰——也就是新田義貞、義宗、義興等一族和足利尊氏軍隊的戰爭，就是在這個小手指原發生的。」

「哦，小手指原之戰就是發生在這裏啊！我聽師父講過幾次，我知道這件事。」

「那麼——」

武藏要考考伊織。

「那時，宗良親王一直秉持武士道的精神，鎮守在東方。當時征東將軍下了一個宣告文，命令他作戰，這使他有感而發，作了一首詩歌。伊織，你還記得詩歌的內容嗎？」

「記得。」

伊織看到一隻鳥越過藍天。

——想了又想，手卻不想去拿弓箭，大丈夫於起臥之間，該如何選擇呀！

武藏聽了微微一笑。

「很好。那麼——在同一時期，這位親王打下武藏國，在小手指原也寫下一首詩，你還記得嗎？」

「……？」

「你忘了吧！」

伊織不服輸。

「等一下！」

他想起來了。這回他和著曲調朗誦：

我爲了你
爲了這個世間
不惜任何代價
都願意犧牲
這便是生命的意義

「我沒記錯吧？師父！」

「你瞭解意思嗎？」

「瞭解。」

「是什麼意思？你說說看。」

「這不必我說，如果不瞭解詩中的意思，就稱不上是武士，也稱不上是日本人了。」

「嗯。但是，伊織，剛才你爲何不敢摸白骨呢？」

「師父，您也不喜歡摸白骨吧？」

「在這古戰場的白骨，都是受宗良親王的詩歌感動而奮戰殉死的。這些武士的白骨意義重大。雖然我們看不到它實際的作用，但是國家因爲它才得以維持今日的和平。人們幾千年來，才得以過豐衣足食的生活。」

「我懂了。」

「即使以前發生過戰亂，但這些戰亂就像前天的暴風雨一樣，對這片國土並未產生多大的變化。雖然現在活在世上的人對國家也盡了不少力，但我們也不能忘記土中白骨的恩情。」

4

伊織對武藏的每一句話都點頭稱是。

「我瞭解了。我給這些白骨獻花行禮吧！」

武藏微笑說：

「不必行禮也沒關係，只要在心裏向他們道謝就行了。」

「可是……」

伊織還是覺得過意不去。他採來一些野花放在石頭前面，正要合掌膜拜，卻回頭對武藏說：

「師父！」

他表情有點遲疑：

「如果這些白骨都是忠臣還好，若是足利尊氏的士兵，我可不想拜他們吶！」

武藏對此問題，幾乎無法回答。伊織在等武藏明確的答覆，才要合掌膜拜。他望著武藏，一直等待回答。

這時突然傳來蟲鳴聲，抬頭一看，望見了白晝淡淡的月亮。良久，武藏仍不知如何回答。

最後武藏說道：

「即使一個人無惡不做，然而死了之後，在佛道上仍然會得救。猶如放下屠刀，立地成佛。只要信菩薩，佛祖也會寬恕壞人的。何況他們已經是一堆白骨了。」

「這麼說來，忠臣和逆賊，死了之後都一樣了？」

「不對。」

武藏嚴厲地反駁。

「你不可這麼早就下判斷。武士最重視名譽，一旦名譽受到汚蔑，則世世代代永無法翻身之日。」

「可是，爲何佛祖對忠臣和壞人都一視同仁呢？」

「人之初，性本善，受了名利欲望的誘惑，有人變壞，有人變亂賊。然而神明卻不計較這些，希望能感化這些人。信神才能得救，可是，所有的善行必須在有生之年施行，人一旦死了，一切都是空。」

「原來如此。」

伊織已經瞭解其意。他大聲地說：

「可是武士卻不同，即使死了也不會成空。」

「爲什麼？」

「因爲武士會留下名字。」

「？」

「如果留下惡名便是壞名聲，留下好名就是好名聲。」

「嗯！」

「即使成爲白骨也是如此。」

「……」

武藏不想打斷他純眞的求知欲，繼續說道：

「可是這些武士必須具備悲天憫人的胸懷，否則就像一片荒地，沒有月亮照耀，也沒有花朵綻放。光是武術高強，就像前天的暴風雨。一天到晚只知練劍的人，則更悲哀。因此我們必須抱著悲天憫人的心，慈悲爲懷。」

伊織聽了之後，默不作聲。

他默默地爲土中的白骨獻上花朵，並誠摯地合掌膜拜。

撥

1

密密麻麻的人影像一羣螞蟻，正在攀登秩父山。山腰處時而飄來雲朵，遮住了這些人影。最後這些人終於爬上山頂，到了三峰神社。從這裏仰望天空，萬里無雲，令人舒暢無比。

這裏橫跨坂東四個地區，並可通往雲取、白石、妙法等山岳，可說是一座天上的城鎮。山上蓋了一座神社佛閣，裏面有和尚的寮房、禮品店，以及供信徒休息的茶館。另外還有少數農家，零星分布其間，大約有七十戶。

「啊！聽到大鼓聲了。」

武藏和伊織昨夜已住進神社的別館「觀音院」裏。伊織聽到鼓聲，趕緊把飯吃完。

「師父！快開始了。」

伊織丟下筷子。

「那是神樂嗎？」

「我們去看吧！」

「我昨晚已經看過了。你一個人去吧！」

「可是，昨晚只演了兩場而已。」

「好了！你別急！今夜讓你可看個通宵。」

武藏的盤子裏還有飯，他似乎想把它吃完。於是，伊織又遊說他：

「今晚的星空很美喔！」

「是嗎？」

「昨天有幾千人上山來。還好天氣晴朗，要不然豈不太掃興了。」

武藏見伊織怪可憐的，便說：

「那麼，我也去看吧！」

「太好了！快走吧！」

伊織跳著跑到門口，並爲武藏擺好草鞋。

別館門前以及山門兩側都架了大火把，燃燒得正旺盛。神社前的街道上，每一戶人家也都在門前點上松枝火把。幾千尺高的山上，因而一片明亮，猶如白晝。

夜空猶如一片深湛的湖水。銀河的星光不斷地閃爍著，加上火把的光芒，使得神樂殿前的羣衆，忘卻了寒冷。

「吔……」

伊織混在人羣當中，張大眼睛到處尋找。

「師父到哪裏去了？剛才還在這裏呢！」

山峰上飄著笛音和鼓聲，人們慢慢聚集到殿前，然而神樂殿裏仍然一片寂靜，只有燈影和飄曳的帷幕，跳舞的人還沒出現。

「師父——」

伊織在人羣中找了很久才發現武藏。

武藏正站在堂中的柱子前，抬頭看著捐獻者的名單，伊織跑了過去。

「師父！」

他拉拉武藏的袖子，武藏仍抬著頭，沒說一句話。

在無數的捐獻者當中，有一個人捐的錢特別多，牌子也特別大，才會引起武藏的注意。

武州芝浦村

奈良井屋大藏

「？……」

奈良井的大藏就是幾年前，武藏從木曾到諏訪沿路不斷尋找的人。

因爲他聽說大藏帶著迷路的城太郎到各處旅行去了。

「武州的芝浦？」

這個地方不就是自己前一陣子所住的江戶地區嗎？突然看到大藏的名字，武藏心裏一片茫然，使他想起了與他分手的人。

2

武藏並未忘記。

看著一天天成長的伊織，總會令武藏想起。

「簡直像一場夢，竟然已過了三年。」

武藏內心數著城太郎的年齡。

這時，神樂殿傳來的大鼓聲，使武藏回過神來。

「啊！已經開始了。」

伊織的心已經飛到那邊了。

「師父，您在看什麼？」

「沒什麼。伊織，你一個人去看神樂表演。我突然想起一件事，待會兒再去看。」

武藏遣開伊織之後，獨自走到神社的辦事處。

「我想詢問有關捐獻者的事。」

對方聽了回答：

「我們這裏沒有記錄，我帶你到別館的總務所去問看看。」

這位老和尚有點重聽，他走在前面引路。

他們走到一棟房子前面，入口處寫著「總別館高雲寺平等坊」，氣氛非常莊嚴。裏面全是白色的牆壁，這個總務所處理寺裏的一切事務。

老和尚站在門口和裏面的和尚談了很久。

一位和尚鄭重地說：

「請！」

並把他們帶到裏面。

有人端上茶水糕點。還端來兩分食物。接著，有位美麗的女孩子拿來酒杯，放在他們面前。

不久，一位地位較高的和尚出來說：

「歡迎您來。這裏只有一些山菜，沒什麼好招待，還請見諒——」

他的態度非常慇勤。

奇怪？

武藏感到有些莫名奇妙。

因此他連杯子都沒碰就說：

「我只是來詢問有關捐獻的事情。」

聽了武藏的解釋之後，這位五十上下的肥胖老和尚驚訝地說：

「咦？」

他瞪大眼睛問：

「你是來調查的嗎？」

他感到訝異，毫不客氣地盯著武藏看。

武藏問他捐獻者當中，武州芝浦村的奈良井大藏是何時到山上來的？又問：大藏是否經常來此，身邊是否帶著另外一個人？

那位老和尚變得非常不高興。

「怎麼？你不是來捐獻，而是來問這些事的呀？」

到底是帶路的老和尚傳達錯誤，還是這地位較高的老和尚聽錯了。眼前這位老和尚似乎非常困惑。

「可能是您聽錯了吧？在下並非來捐獻，只是來問奈良井大藏的事。」

老和尚打斷武藏的話，說道：

「如果是這樣，剛才在門口就應該說清楚。我看你只是一個浪人，我不能將捐獻者的事告訴一位素未謀面的人，如果說錯話，可能會招來麻煩。」

「絕不會有這種事的。」

「哎呀！那你去問役僧吧！」

老和尚似乎損失了東西，憤然拂袖而去。

3

管捐款的役僧，替武藏大致查了一下。

「我這裏也沒詳細的記錄。但是這個大藏先生好像時常登山參拜。他帶的人到底幾歲？我也不清楚。」

那位和尚的態度並不友善。

雖然如此，武藏還是不忘禮節。

「太麻煩你了，謝謝你。」

道完謝走到屋外，來到神樂殿前尋找伊織，伊織正站在羣衆後面。

由於伊織身子矮小，所以爬到樹上看表演。

他並不知道武藏已經來到樹下，正看得入迷呢！

黑檜木搭成的舞台，四面垂著五顏六色的帷幕。內庭四面八方全用繩子圍住。風一吹來，帷幕隨風搖擺，庭院裏的火把也搖曳不止，使得火星隨風飄揚。

「……」

武藏也跟伊織一樣看著舞台上的表演。

他也曾像伊織這樣年輕。故鄉的讚甘神社的夜祭，就像這種氣氛。他看得恍惚了，似乎看到了阿通，以及又八吃東西的模樣，還有權叔走路的樣子。有一次自己太晚回家，母親因擔心而到處尋找——這些小時候的幻影，現在卻包圍著武藏，歷歷在目。

舞台上有人吹笛，有人彈琴。這些山神樂師，爲了傳達古雅的近衛舍人們的風俗，都穿著古裝，衣服鑲金花，正好與庭院裏五顏六色的光彩相配，令人恍如置身於遠古時代。

沈重的鼓聲，使得周圍的杉木牆板亦隨之振動，笛子和其它的小鼓亦隨之而起。舞台上有個神樂師的團長，戴著神代人的面具。面具兩頰和下巴的油漆已經剝落。那人卻跳得渾然忘我。除了跳舞之外，也唱著「神遊」的歌謠。

神社所在的神山上
神木的枝葉
在神面前
長得極其茂盛
極其茂盛

那位團長唱完一曲歌謠之後，演奏者開始打節拍並演奏樂器。如此一來，舞蹈、音樂和歌謠合而爲一，旋律也加快了。

神吶　用您的權杖
保佑人們長壽
至高無上的權杖
法力無邊

又唱——

這把刀　是何處的刀啊
是住在天上的豐年神
公主殿裏的刀啊
是宮殿裏的刀

神樂裏有幾首歌謠是武藏小時候聽過的。這使得他想起自己也曾戴面具在故鄉的讚甘神社神樂殿跳舞。

普天之下
保佑世人的大刀

供奉在神前是否得以潔淨

得以潔淨

武藏聽著歌謠，眼睛卻一直注視著擊鼓手。

「啊！這就是二刀法。」

他不顧旁人，忘情地大叫一聲。

4

樹上有人說話。

「咦？師父，原來您在這裏呀？」

伊織聽到武藏的聲音，急忙往下看。

「……」

武藏並未抬頭。他的眼神不像周圍的觀衆，沈醉於神樂聲中，而是充滿興奮的張力。

「嗯，二刀，這就是二刀的原理。擊鼓時，撥彈兩下，卻只發出一個聲音。」

武藏一直拱著手腕，凝視著舞台。然而從他的眉尖可以看出這幾年來的心結已經解開了。

那就是二刀的功夫。

人生來即有雙手，拿劍的時候，卻只用到一隻手。

如果敵對的雙方都只使用一隻手，就沒什麼大礙。但如果其中一人是用雙手拿雙劍，那麼只會單手用刀的人該如何應付呢？

實際上武藏已經有過這個經驗。那是在一乘寺下松的對決中，自己獨自面對吉岡的人多勢衆，就是用了二刀的原理。決鬥結束之後，武藏才發自己雙手握著雙刀——右手拿著大刀，左手則拿著小刀。那時是受本能的驅使，在無意識之下，雙手各自出力保護身體。可說是面對生死邊緣時，自然習得的技巧。

大軍對峙的大戰，雙方必傾其全部兵力才足以制敵，個人更是如此。

習慣是可以培養的，這是衆所周知的道理。

眞的有二刀法，或者可說二刀法才是最自然的。

至此武藏對二刀的理論深信不疑。

然而，日常生活是平常的所作所爲，生死邊緣，卻是一生中碰不到幾次。而劍法的最高境界必須經常模擬自己處於生死關頭。

二刀法的練習並非無意識，而是有意識的動作——

在有意識的練習之下，必須做到活動自如，變成一種反射動作。

二刀法必須練到這個地步。武藏經常思考這種功夫的道理。他的信念加上理念，一直想把握住二刀法的精髓。

現在，潛藏在內心的疑惑豁然開朗。在欣賞神樂大鼓演奏時，看到擊鼓手那隻撥彈的手，使他悟到二刀法的眞髓。

擊鼓的時候，鼓棒有兩次撥動，卻只發出一個聲音。鼓手看似有意識的左、右——右、左——揮動鼓棒，卻是無意識地擊出了鼓聲，完全進入左右開弓，暢行無阻的自如境界。武藏胸中的心結完全解開了。

五場神樂皆以歌謠開場。最後加入舞蹈。其中也演奏了岩戶神樂，以及荒尊的刀舞，輕快的笛子和搖鈴在一旁伴奏。

「伊織！你還要看嗎？」

武藏抬頭望著樹上。

「要，我還要看。」

伊織漫不經心地回答。他整個人已被神樂舞迷住，好像自己也變成舞者了。

「明天還要爬大岳山到後山的寺院，可別看得太晚，要早點回去睡覺。」

說完，武藏走向觀音別院。

這時，一名行動詭異的男子，牽著一隻大黑犬跟在武藏背後。看到武藏走進觀音院後，男子趕緊回頭對著後面說：

「喂！喂！」

他向暗處招手。

魔的眷屬

1

一般人認爲狗是三峰的使者。所以山中的人認爲狗是神佛的眷屬。

其實，是寺廟希望參拜者下山時能買一些山犬的護身符、木雕或是山犬的陶製品等，以增加收入，才有這種說法。

不過，這山上也眞有狗。

雖然由人飼養並受人崇拜爲神的使者，然而這些狗住在山上，吃的是山中的野食，仍未脫山犬野性，銳利的牙齒更添增猙獰的表情。

這些狗的祖先在一千多年前，隨著高麗民族遷徙到武藏野之後，又移居到這裏。之後與當地秩父山的坂東種山犬交配，成爲目前這種猛犬。

剛才尾隨武藏到觀音院的男子也用麻繩牽著這種猛犬，這條黑犬對著暗處不斷地嗅著。

那隻狗聞到了牠熟悉的味道。

「噓——」

飼主拉近繩子，打了一下狗屁股。

飼主的臉與狗一樣，露出猙獰的表情，臉上有刻著深的皺紋，年約五十。骨架粗獷，看起來很年輕，應該說比年輕人還要精悍。身高五尺左右，四肢充滿彈性，也充滿鬥志。可說這飼主與他的狗一樣，仍未脫山犬的野性。猶如野獸變成家畜之前的過渡期——他是一個山野武士。

然而，因為他在寺院工作，因此服裝整齊，窄袖衣上又套上禮服，上面罩著背心，繫腰帶，穿麻布褲，腳上也穿了一雙祭節用的新草鞋。

「梅軒——」

從暗處走出一名女人。

女人因害怕狗而不敢靠近。

「你這傢伙！」

梅軒用繩子打了狗頭。

「阿甲，妳的眼力眞好。」

「是那傢伙沒錯吧！」

「嗯，的確是武藏。」

「……」

「……」

兩人說完便不再作聲，只是望著天上的星星。神樂殿的音樂從黑暗的杉木林間，不斷地傳了過來。

「現在怎麼做？」

「一定要想個辦法。」

「既然他已上山來……」

「對，如果讓他平安回去就太可惜了。」

阿甲不斷用眼神示意梅軒下定決心。梅軒似乎有點爲難，眼中露出焦慮的神色。

那是害怕的眼神。

過了不久，他問：

「藤次在嗎？」

「在，因爲拜拜喝醉了酒，傍晚就在店裏睡著了。」

「妳去把他叫起來。」

「那你呢？」

「反正我還得工作。等我巡邏完寺裏的寶藏庫之後再過去。」

「到我家嗎？」

「嗯，到妳的店裏。」

庭院裏的火把仍繼續燃燒，兩個人影分別消失在暗處。

2

走出山門，阿甲一路跑回去。

寺院前的街上，大約有二、三十戶人家。

大部分是藝品店和茶館。

也有一些小飯館，飄送酒菜香，和不斷傳出的吵雜人聲。

阿甲進入其中一家。這家的泥地間裏，椅子並列排著。簷前掛著「休息中」的牌子。

「我丈夫呢？」

她一進門就問正在打瞌睡的女侍。

「在睡覺嗎？」

女侍以爲阿甲在罵自己，拚命搖頭。

「我不是在說妳，我是在問我丈夫。」

「他在睡覺。」

「我就知道。」

她口中發出嘖嘖的聲音。

「難得祭典，到處鬧哄哄，唯獨我們店卻這麼冷清，眞是的！」

阿甲說著，環顧門口。看到一名男僕和一名老太婆在竈前煮油飯，準備明日用。竈裏的火焰燃得通紅。

「喂！老公呀！」

阿甲見一個男人躺在牀上睡覺，便走到他身邊。

「你醒一醒呀！老公！」

她搖晃男子的肩膀。

「什麼？」

睡夢中的男子突然翻身坐了起來。

阿甲看到他嚇了一跳。

「咦？」

她倒退一步，望著那名男子。

這男子並非丈夫藤次。圓臉大眼，看來是村裏的年輕人。突然被阿甲叫醒，他也瞪著一雙大眼，表情愕然。

「呵呵呵！」

阿甲利用笑聲掩飾自己的唐突。

「原來是客倌呀？眞是抱歉！」

鄉下年輕人撿起滑落在地板上的小草蓆，蓋在臉上又繼續睡了。

在他的木枕旁，擺著一些吃過的碗盤。他的雙腳露在草蓆外面，草鞋上沾滿了泥土。牆邊放著他的包袱、斗笠和一支木杖。

「那年輕人來店裏吃飯的嗎？」

阿甲問女侍。

「是的，他說想在此借睡一覺，起來後要去爬後山到寺院去，所以我拿了木枕借他。」

阿甲聽了非常生氣。

「妳爲何不早說，我還以爲他是我丈夫呢！我丈夫到底睡在哪裏？」

藤次睡在一間破舊的房裏，他一隻腳垂在地上，身體則橫躺在蓆子上。

「妳眞笨啊！我在這裏妳竟然找不到。妳不看店，跑到哪裏去了？」

藤次剛睡醒，心情不太好。

沒錯！他就是昔日的祇園藤次。他整個人全變了個樣。而阿甲也失去昔日嬌豔的姿色，簡直像個男人婆。

藤次好吃懶做，全靠女人過活。他們以前曾在和田嶺的懸崖上蓋了一棟懸空的藥草屋，搶劫來往於中山道的旅客，以滿足私欲。那時的生活還算過得去。

然而，那棟山上的小屋被燒了之後，手下們也都鳥獸散。現在藤次只有在冬天靠狩獵維生。阿甲則經營這間「神犬茶館」。

3

藤次剛睡醒，眼中充滿血絲。

他看到一個水瓶，立刻咕嚕咕嚕地喝了不少水，這才清醒過來。

阿甲斜著身體，一隻手撐在牀板上說道：

「就算過節，你也不能喝得那麼多。你甚至不知道自己生命有多危險，還好在外頭沒被人砍死。」

「什麼？」

「我說你太不小心了！」

「發生什麼事了？」

「武藏上山來過節了？」

「咦？武藏來了？」

「沒錯。」

「就是那個宮本武藏嗎？」

「是啊！昨天就住在別館的觀音院裏。」

「眞、眞的嗎？」

他剛才喝了一瓶水，雖然清醒不少，但沒有比武藏這兩個字更讓藤次整個人清醒過來的。

「那個人很可怕。阿甲，那傢伙下山前，妳可別走出店門口一步呀！」

「難道你聽到武藏的名字就要躲起來嗎？」

「他該不會像上次在和田嶺那樣對付我們吧？」

「你眞膽小！」

阿甲邪惡地笑著。

「撇開和田嶺的事不談。打從在京都時，你和武藏之間爲了吉岡的事就結下了樑子。他還曾將我雙手反綁，而我只能眼睜睜地看著我們的小屋被燒燬，到現在我還沒忘記這個恥辱。」

「可是……那時候我們有很多手下。」

藤次知道自己的實力。在一乘寺的下松，吉岡與武藏決鬥時，自己雖然沒有參與，但之後他從吉岡殘黨那裏聽到武藏高強的本領——而且在和田嶺自己也嘗過武藏的苦頭——因此，他對武藏毫無勝算的把握。

「所以我說啊！」

阿甲身體靠著他。

「我知道你一個人力量不夠，但在這山上有另一個人深深地恨著武藏。」

「？」

藤次一聽，也想起來了。阿甲所說的人就是山上總務所高雲寺平等坊的警衛。負責寶藏倉庫的門房，那人就是宍戶梅軒。

藤次兩人能在此開小吃店，也是靠梅軒的幫忙。他們被迫離開和田嶺之後，到處流浪，最後在秩父與梅軒相識。

漸漸熟悉之後，得知梅軒以前住在伊勢鈴鹿山的安濃鄉，曾擁有衆多的野武士，趁戰爭混亂時，在野地裏當強盜，後來戰爭結束，便在伊鶴的深山裏開了一家打鐵舖，過著尋常老百姓的生活。但是隨著領主藤堂家的藩政統一之後，已不允許這種人的存在。野武士的身分沒了，成爲時代的遺物了。梅軒因此獨自來到江戶。但仍找不到工作，那時他在三峰有個朋友，幾年前介紹他當寺院總務所的警衛，負責看管寶藏。

從三峰更向深山，有個地方叫做武甲，那裏還有很多比野武士更野蠻的人。寺院雇用梅軒，主要是怕這些人覬覦寶藏，想藉他來「以毒制毒」。

4

寶藏庫裏，除了放寺院的寶物之外，還有施主們捐獻的金錢。

在這山中，寺院經常受山裏人襲擊，受到很大的威脅。

用宍戸梅軒來看守寶藏是最適合不過了。

因爲他非常熟悉野武士和山賊的習性，以及攻擊的方法。最主要是因爲他是宍戸八重垣流鎖鏈鐮刀的佼佼者，幾乎是所向無敵。

如果不是他的身分背景，現在一定可找到主君雇用他。然而他的血統不純正，他的哥哥辻風典馬在伊吹山和野洲川一帶當盜賊頭目，一生都活在血腥裏。

這個辻風典馬，在十幾年前已經死了。在武藏尚未改名之前——也就是關原之亂剛結束的時候，在伊吹山下被武藏用木劍打死。

宍戶梅軒雖然認爲自家的沒落與時代的變遷有關。然而他對哥哥的死，始終懷恨在心。

他已把仇人武藏的名字，深深烙印在心裏。

後來——

梅軒和武藏曾在伊勢路的旅途中，在安濃故鄉不期而遇。他曾趁武藏熟睡時，想暗殺他。

然而不僅計謀不得逞，還差點死於武藏的刀下——那以來，梅軒就沒再見過武藏。

阿甲聽梅軒談過好幾次，也把自己的遭遇告訴梅軒，並爲了拉近與梅軒的距離，更強調兩人對武藏同仇敵愾。每提及此事——

「此仇不報，我死不瞑目！」

梅軒說這話的時候，眼中充滿了憤恨。

然而武藏不知道敵人就在此處，竟然住到這山上來。他昨天帶著伊織踏上這塊危險的土地。

阿甲在店裏瞥見武藏，趕緊追到門外確定，卻見武藏消失在祭典的人羣中。

阿甲本來要告訴藤次，可是剛好藤次到外面喝酒去了。阿甲心有不甘，趁著晚上店裏較空閒，到別館的觀音院查看，正好看到武藏和伊織走向神樂殿。

阿甲到總務所把梅軒叫出來。梅軒牽著狗，一直尾隨武藏到觀音院。

那一定是武藏。

藤次聽完，心中篤定了不少。如果梅軒願意加入，就有勝算的把握。他想起前年，三峰神社祭典時，舉行武術比賽，梅軒用他的八重垣流鎖鏈鐮刀的秘功，打敗了所有坂東地區的劍客。

「原來如此。」

「這麼說來，梅軒已經知道這件事了？」

「他工作完後，會來這裏。」

「要來跟我們秘密會合嗎？」

「正是如此。」

「可是，對手是武藏，這次照樣不能大意……」

藤次因興奮而全身發抖，音調不覺提高八度。阿甲趕緊左顧右盼，看到躺在牀邊，身上蓋著草蓆的年輕武士從剛才便直打鼾，睡得正熟。

「噓……」

阿甲警覺性很高。

「呀？有人在這裏嗎？」

藤次趕緊摀住嘴。

5

「……有人嗎？」

「是位客人。」

阿甲並不在意。藤次卻板著面孔。

「叫他起來，把他趕出去。何況宍戸先生也快來了。」

這件事非常重要，阿甲吩咐女侍去做。

女侍走到店角落把年輕人叫起來，告訴他已經打烊該回去了。

「哇！睡得眞舒服。」

那人伸伸懶腰之後，走到門口。從他的打扮及口音來看，不像這附近的年輕人。他一起來便滿臉的笑容，眨著大眼，抖抖充滿彈性的身體，披上簑衣，一手拿斗笠，一手拄木杖，並將包袱斜掛在肩膀上。

「打擾太久了，謝謝你。」

行了禮便走出去。

「這傢伙好奇怪，他付錢了嗎？」

阿甲對女侍說：

「去把桌子收拾乾淨。」

阿甲和藤次捲起簾子，整理店面。

過了不久，一隻像小牛般的黑狗鑽了進來，梅軒走在後面。

「喔！你來了？」

「請到後面。」

梅軒靜靜地脫下草鞋。

黑狗忙著吃掉在地上的食物。

他們在一間破舊的廂房點上燈火，梅軒一坐下便說：

「剛才我在神樂殿前聽到武藏對同行的小孩說，明天要爬後山到寺院，爲了證實，我一路尾隨到觀音院去查看，才會遲到。」

「這麼說來，明天早上武藏會到後山的寺院？」

阿甲和藤次屏氣凝神，從窗戶望著後山的黑影。

若按正常的比武方式，他們是打不過武藏的，這點梅軒比藤次還要淸楚。

看守寶藏的警衛，除了梅軒之外，還有兩位武功高強的和尙。另外有一名男子同樣是吉岡的殘黨，在這神社小鎮開了一家武館，訓練村裏的年輕人練劍。還可糾合其他人，包括從伊鶴跟隨梅軒來此的野武士中，已經轉業的人大約有十來個人。

最後梅軒的安排是——藤次只要攜帶慣用的槍枝即可。梅軒會準備鎖鏈鎌刀。除此之外，兩位警衛和尚應該已經帶著槍枝出門了。其他人也會在天亮之前，到達半路的小猿澤谷川橋——大家在那裏會合。如此嚴密地部署，應該不會出差錯。

藤次聽宍戶梅軒說完，非常訝異。

「你全部署好了？」

他帶著懷疑的眼神看著梅軒。

梅軒苦笑。

也許藤次把梅軒當做是普通的和尚，才會如此意外吧？如果知道他的背景——辻風典馬的弟弟黃平，便不難想像他的動作會如此迅速。他做這些準備，就像一隻剛睡醒的野豬撥動身邊的野草一樣的簡單。

八重垣紅葉

1

山上籠罩著濃濃的雲霧。

殘月高掛山谷上。

大岳還在沈沈地睡眠當中。

小猿澤的山谷裏，傳來淙淙的流水聲。

水上有一座谷川橋，橋上聚集了許多黑色的人影。

「藤次！」

有人小聲地叫著，那是梅軒的聲音。

藤次也從人羣當中小聲地回答。

「別弄溼了火繩。」

梅軒叫大家留意。

兩名穿著袈裟的山和尚，也持槍混在這殺伐的人羣當中。其他還有當地的武士以及各地來的流氓，服裝各式各樣，可是動作都非常敏捷。

「只有這些人嗎？」

「是的。」

「總共幾個人？」

大家互相點著人頭。任何人點，加上自己都是十三個人。

「好……」

梅軒說著，並告訴大家如何打手勢，大家也默默地點頭。

在命令下達之前，衆人沿著谷川橋的道路走去，消失在道路兩旁的雲霧當中。

後院寺廟

距此一公里

谷川橋頭的斷崖旁，立著一塊石碑，靠月光可分辨上面的文字。除此之外，只有溪水聲和風聲。

大家散開之後，樹梢上也傳來一些鼓噪的聲音。

從這裏到後山的寺院之間，有許多猴羣。

猴羣從崖上丟石頭，有的抓藤蔓跳到路上。

有的猴子跑到橋上，或鑽到橋下，在山谷中飛奔。

繚繞的雲霧猶如追著這些猴影似地與猴子嬉戲。如果有神仙降臨，可能會說：

「你們這些猿猴擁有生命，為何在這狹隘的山谷與雲兒嬉戲，虛擲光陰？趕快駕在即將飄走的雲上吧！飄往西方三千里，臥看廬山，欣賞峨嵋，再到長江洗淨雙腳，呼吸這大世界的空氣，才能瞭解生命眞正的意義。你們要不要隨我同去呢？」

如果神仙臨空一呼，雲可能會變成猴子，猴子也會化成雲霧，隨神仙升天而去。

猴子不斷嬉戲，令人產生這種幻想。殘月把猴影映在雲上，讓人錯覺是兩隻猴子。

「汪！汪！」

突然傳來狗吠聲。

尖銳的狗吠聲，在山谷中迴盪。

就像秋風掃落葉一般，那些猿猴一瞬間躲得無影無蹤。此刻，隨著一陣急促的腳步聲，梅軒看守寶藏的黑犬咬斷了繩子，衝了過來。

「阿黑！你這畜牲！」

阿甲在後面追趕。

狗兒知道梅軒等人往大岳方向而去，才會咬斷繩子追上去。

2

阿甲好不容易抓到狗繩。黑犬一被拉住，便纏著阿甲的身體。

「畜牲！」

阿甲不喜歡狗，她用繩子把狗打退。並叫道：

「回去！」

她想把狗拉回去，黑狗又呲牙咧嘴。

「汪！汪！」

開始咆哮。

雖然抓住繩子，但阿甲的力量拖不動牠。黑犬被人拉扯，不斷發出狼嚎般的叫聲。

「爲什麼要帶這傢伙過來，綁在倉庫的狗屋不就行了嗎？」

阿甲非常生氣。

要是狗這樣叫個不停，萬一武藏提早離開觀音院，一定會聽到狗叫而感到奇怪。

「噓！眞拿你沒辦法。」

阿甲扯著黑狗的繩子。

黑狗仍然吠個不停。

「沒辦法。過來！到後山的寺院，可別再叫了喔！」

阿甲拿牠沒輒，只好拖著狗。不，應該說被狗拖著——氣喘吁吁地走在剛才那羣人走過的路上。

之後，沒再聽到黑狗的吠叫聲。牠喜孜孜地追著主人的味道而去。

整夜不斷移動的雲霧，現在就像一道厚厚的積雪，盤據在山谷間。武甲的山峰，以及妙法、白石、雲取等山，也開始露出臉來了。通往後山寺院的小道，也在破曉中漸漸變白。啾、啾、啾……小鳥的叫聲不斷傳入耳中。

「師父！到底怎麼了？」

「什麼事？」

「天已經亮了，爲何看不到太陽？」

「你搞錯方向了，你看的是西邊吧！」

「啊！是嗎？」

伊織沒看到太陽，卻看到月亮。在晨光中，淡淡的月亮即將西沈。

「伊織！」

「在。」

「你有很多親戚住在這山上喔！」

「在哪裏？」

「就在那裏。」

武藏指著山谷間的樹木，樹上有很多猴子，也有不少母猴帶著小猴子。

「就是牠們，哈哈哈……」

「什麼呀！……可是，師父，猴子眞令人羨慕……」

「爲什麼？」

「因爲他們有雙親。」

「……」

路到了盡頭，武藏默默地爬上小山路。走了一段山路之後，又來到較平坦的路面。

「師父，以前我託您保管的錢袋——也就是我父親的遺物。師父，您還帶在身邊嗎？」

「我不可能掉的。」

「您打開看了嗎？」

「沒有。」

「裏面除了護身符之外，還有一封信，下次拿給我看。」

「嗯！」

「以前我帶在身邊的時候，我還不認得信上那些字，現在也許我認得了。」

「找個時間你自己打開看吧！」

天漸漸地亮了。

武藏邊走邊留意路上的雜草。他發現這條路已經有人走過，因爲雜草上的露水已被踐踏髒汙了。

3

山路蜿蜒不斷，最後兩人來到一塊面向東邊的平地。
伊織突然叫了一聲：
「啊！日出。」
他指著太陽，回頭望武藏。
「嗯！」
武藏的臉被晨曦照得通紅。
眼前的雲海一望無際。坂東平原以及甲州、上州的山峰，都浮現在雲彩的怒濤中，猶如蓬萊仙島，景色迷人。
「……」
伊織緊抿著嘴，姿勢端正地凝視著太陽。
日出的景象如此感人，使得少年說不出話來。
他感到自己體內的血液和紅色的陽光已經合而爲一了。
因此他認爲自己是：
太陽之子！

然而他的感動和大人世界裏的精神層面不太相同。

他只是默默地、恍惚地看著這一切景象。

接著，他突然大聲喊道：

「天照皇大神！」

他回頭看武藏。

「師父！這樣對不對？」

「對。」

伊織舉起雙手，遮在眼前。透過指縫看著太陽，又叫道：

「太陽的顏色和我的血是同樣的顏色耶！」

伊織高興地拍著手。之後，他跪在地上膜拜太陽，內心有一個感受。

——猴子有雙親。

——我卻沒有。

——猴子沒有大神主。

——我卻有。

他如此一想，內心充滿了歡愉，淚水不禁奪眶而出。

雖然眼中含淚，他卻開始手舞足蹈，耳中似乎聽到雲間傳來昨夜的神樂聲。

「——啦、啦、啦——咚、咚、咚——」

他撿起一片竹葉子，拿在手中開始跳舞。

他用腳打著節拍，不斷揮動雙手，並唱著他昨夜聽到的歌謠。

梓弓
隨著春天的到來
衆神
即將降臨大地
我再也見不到她了
我再也見不到她了

伊織唱完才回過神來，看到武藏已經走遠，趕緊追了上去。

道路又進入一片樹林。應該快到寺院了，因爲兩旁的樹木排得井然有序。大樹披著一層厚厚的苔蘚。苔蘚上開著白色的花。這些樹齡大約超過五百年到一千年。伊織想向這些樹行禮。路上掉滿了竹葉子，火紅的楓葉更加醒目。現在這片樹林仍相當昏暗，抬頭仰望樹梢，只看到些微晨光。

——突然，兩人感到大地在搖動。一瞬間，咻——傳來一聲劇烈的聲響。

「啊！」

伊織趕緊摀住耳朵，趴到竹叢中。在一棵樹後面，冒出一陣淡淡的白煙，接著，從那裏傳來一聲慘叫——就像動物臨死前的哀鳴。

4

「伊織！別站起來。」

武藏已躲到一棵樹幹後面，並警告竹叢中的伊織。

「即使你被踩了也別站起來。」

「……」

伊織嚇得說不出話來。

彈藥燃燒過的煙像一層薄霧，從伊織背後飄起——周圍的樹以及道路兩旁的樹林裏，都有刀槍埋伏在那裏。

「……？」

埋伏在樹林裏的人，轉眼間看不到武藏，正覺得奇怪。他們想確認剛才那一擊是否中的，因此並未蜂擁而上，只是靜觀其變。

剛才那一聲慘叫，應該是武藏被擊中後發出的。但並未看到武藏倒地的身影，大夥兒都不敢輕舉妄動。

槍砲聲一出，伊織像一隻小熊，頭藏到竹叢裏，只露出屁股。這樣誰看不見呢？於是，四面八方的眼睛都集中在伊織，刀槍也對準他。

「……」

不可以起來——剛才好像有人對他這麼說。但他現在已嚇得魂飛魄散，聽到：「砰！」一聲之後，四周竟變得如此死寂，使他好奇地把頭抬了起來。他看到一棵巨樹後面，有個人拿著一把巨蛇般的大刀。

伊織嚇得大叫：

「師父——有人躲在那裏呀！」

叫完，他立即跳了起來，正準備逃走。

「你這個小鬼！」

拿著大刀的那個人已經從巨樹後面撲了過來，像個魔鬼，砍向伊織。

咻——一把小刀從旁邊飛過來。原來是武藏為救伊織而射過來的小刀。

「哼！畜牲！」

有一名和尚，拿著長槍刺了過來。武藏左手抓住對方的長槍，右手剛才已扔出小刀，雖然手上沒有武器，但準備放手一搏。

武藏不清楚樹後到底藏了多少人，所以不敢輕舉妄動。

這時，傳來一聲慘叫。

「哇！」

有人被石頭打中臉頰，發出呻吟。

看來敵陣中有內鬥，而且是和武藏無關的人。

「奇怪？」

武藏轉向剛才發出慘叫的地方。另一名和尚趁此空隙攻擊武藏。

「喔！」

武藏趕緊用腋下夾住敵方的長槍。現在，各持長槍挾攻武藏的兩名和尚，同時對著自己的人馬大喊：

「上啊！」

「幹什麼？」

武藏的聲音比他倆還洪亮：

「來者何人？報上名來——若不報上名來，我一概當你們是敵人，結局可能要血染聖地了。」

武藏緊抓著兩支長槍，用力一揮，兩個和尚被彈擲出去。武藏跳上去，砍死一人之後，又翻身迎擊背後持刀攻過來的三個人。

5

道路非常狹窄。

武藏使勁把這三人推到路邊。

正面有三個持刀的敵人，旁邊又有兩人側攻。對方並列，被武藏推得直往後退。

武藏看不到伊織非常擔心，根本無心打鬥，只能防禦。

「伊織！」

他試著呼叫。突然看到山林裏有個人被追得到處跑，正是伊織。原來剛才從武藏刀下逃走的和尚，撿起長槍之後，去追趕伊織。

「伊織！我來了。」

武藏想救伊織。

「別讓他去！」

眼前的五人立刻用刀反逼武藏。

武藏像一陣旋風，挺身迎向白刃。霎時就像澎湃的海水碰撞岩石之後，濺上水沫一般，只見血沫不斷噴出。武藏壓低身子的背部就像一股漩渦。

雙方打鬥劇烈，鮮血四濺。血肉綻開，骨頭斷裂，其中還夾雜著兩三聲慘叫。敵人一個個像朽木般往左右倒下。每個斃命的人都是從頭到腳被切成兩半——武藏右手拿大刀，左手拿小刀。

「——哇！」

有兩個人嚇得逃走了。武藏則緊追不捨。

「往哪裏逃？」

他用左刀砍中其中一人的後腦勺。

咻——鮮血噴向眼睛，武藏用左手擋住眼睛。就在這時候，隨著武藏背後奇怪的金屬聲，一股強風打向他的臉。

啊！他很自然地用右刀抵擋，可是刀鍔處卻被一個分銅給扣住了。

糟了！

武藏內心暗叫。定神一看，原來自己的刀身已被一條細鎖鏈纏住。

「武藏！」

宍戶梅軒手上拿著鎌刀，分銅的鎖鏈纏住武藏的刀刃。他用力扯著鎖鏈。

「你忘了我嗎？」

「喔？」

武藏嚇了一跳：

「你是鈴鹿山的梅軒。」

「辻風典馬的弟弟。」

「啊！你怎麼會在這裏？」

「你到這山上來自投羅網，這是你的命。我的亡兄典馬正在地獄呼喚你呢！你快去吧！」

分銅的鎖鏈緊緊纏住武藏的刀不放。

梅軒慢慢拉近手中的鎖鏈。下一步他準備用銳利的鎌刀攻擊武藏。

武藏現在仍可用左手上的小刀對付這把鎌刀。如果他只有右手上的大刀，現在已是無防身之物了。

「吔！」

梅軒鼓足力氣，使得脖子跟臉一樣粗，全身也發出奇怪的聲音。接著，他拉緊鎖鏈把武藏的刀和武藏拉向自己。

同時，梅軒的身體也隨著鎖鏈向前撲了過去。

6

武藏心想，難不成今天自己眞要斷送在對方手下？

他對鎖鏈這種奇特的武器，並非毫無所知。

以前武藏曾經在安濃的打鐵舖親眼目睹宍戶梅軒的妻子拿著鎖鏈鎌刀，擺出宍戶八重垣流的架式。

當時武藏看得入神——

啊！太棒了！

連他妻子都能有此功夫，可想見梅軒的功夫是何等高強。

同時，武藏也瞭解自己很少碰到這種武器。

也很少人會使用，因此他有些害怕這類奇特的武器。

雖然自己已經具備鎖鏈鎌刀的知識。然而在緊要關頭知識是沒有用的。武藏覺悟到這個道理時，整個人已經被鎖鏈控制住了。

況且他也無法全力對付梅軒，因爲他正腹背受敵。

梅軒非常得意，露出猙獰的笑容，開始拉緊鎖鏈。武藏知道必須放棄被纏住的大刀，可是他仍要找適當的機會。

梅軒口中又叫了第二聲：喝！同時，他左手上的鎌刀已飛向武藏。

武藏甩開右手上的刀，鎌刀正好削過他頭上。鎌刀一過，分銅立刻飛過來；武藏躲過分銅，鎌刀又攻過來。

是鎌刀？還是分銅？

躲閃這兩種武器的輪番攻擊，是非常困難的。因爲鎌刀和分銅的速度配合得天衣無縫。

武藏不斷移動位置閃躲。速度之快，眨眼不及。但他仍必須提防背後的敵人——

難道今天我要落敗？

武藏的四肢變得僵硬。這是身體自然的反應。他的皮膚和肌肉幾乎流不出汗來，本能地進入戰鬥狀態。他感到全身毛髮聳立，氣血逆流。

要對付鎌刀和分銅的攻擊，最好的方法是用樹幹當擋箭牌。可是武藏沒有時間退到樹後。何況樹後還有敵人。

這時不知何處又傳來一聲慘叫。

「啊？伊織？」

武藏無法回頭，內心卻非常擔心伊織。他的眼前仍閃著鎌刀和分銅的光芒。

「笨蛋！」

這不是梅軒的叫聲。當然也不是武藏的。有人從武藏背後大聲說道：

「武藏！你專心對付敵人吧！後面的由我處理。」

同一個聲音又罵道：

「混蛋！畜牲！」

背後有人慘叫一聲仆倒在地，有人踩著竹葉逃跑了。從一開始便幫助武藏的人，現在已打破重圍，漸漸靠向武藏。

誰？

武藏猜不出來，沒想到會有自己人在背後，但他已沒時間去確認了。

武藏只知道不必擔心背後。

他可以專心對付梅軒了。

然而他手上只剩一把小刀，大刀剛才被梅軒的鎖鏈奪走了。只要武藏向對方逼近，梅軒一定立刻向後退。

梅軒最重要的是保持與敵人之間的距離，因爲鎌刀和分銅之間的鎖鏈長度，就是他武器的長度。然而武藏只要比這武器遠一尺或是靠近一尺即可不受敵人控制。

梅軒卻不讓武藏得逞。

武藏很佩服梅軒的武功。現在就像面對屢攻不破的城池，武藏感到非常疲倦。雖然如此，在打鬥的時候，武藏已經識破梅軒的技巧，這技巧與二刀法的理論相當接近。

鎖鏈只有一條，如果鎌刀是右劍，分銅就是左劍。梅軒對這武器已運用自如。

「我知道了。你用的是八重垣流。」

武藏的聲音中已帶著勝利。面對飛過來的分銅，他往後跳開五尺遠，並把左手的刀換到右手，射向敵人。

正巧梅軒也朝武藏追過來。他沒料到武藏的小刀會飛過來，他已經沒有武器可以抵擋。很自然地「啊！」一聲，梅軒一閃，小刀從他身邊飛過，插進一棵樹幹上。可是因爲梅軒突然改變身體的角度，使得分銅的鎖鏈一下子纏住他自己的身體。

「啊！」

梅軒發出慘叫。同時武藏也大叫一聲：

「喝！」

他全身像顆鐵球，滾向梅軒。

梅軒正要握住身上的佩刀，武藏搶先用力搥打他的手，迫使梅軒的手離開刀把。武藏再趁機奪過梅軒的刀。

——眞遺憾！

武藏默念，抓著梅軒的大刀把他從頭到腳砍成了兩半。

刀刃砍得很深，從離護手約七、八吋的地方砍下，就像伐木一般發出如雷巨響。刀刃從頭部往下切時，不知切斷了幾根肋骨。

「啊！」

有人在武藏背後，屏氣凝神觀戰，最後發出讚嘆聲。

「就像在切竹子——我第一次看到。」

「……？」

武藏回頭看，一個年輕的鄉下人帶著四尺左右的木杖。他的肩膀雄厚，圓臉，身上的汗蒸發變成水氣，正對著武藏露齒而笑。

「咦？」

「是我，好久不見了。」

「你不是木曾的夢想權之助嗎？」

「你覺得意外嗎？」

「眞的很意外。」

「我想這是三峰神明的保佑，也可能是亡母冥冥之中牽著木杖帶我來此地吧！」

「這麼說來，令堂她？」

「已經過世了。」

夢想權之助表情哀傷。

「對了！伊織呢？」

武藏開始尋找伊織，權之助說道：

「請放心，我已經把他救出重圍，放在上面了。」

說完，指著上面。

伊織在樹上用奇怪的眼神看著兩人。就在這時候，樹林裏傳來汪、汪的狗吠聲。

「咦？」

伊織眼睛逡巡狗吠的方向。

7

伊織用手遮著眼睛，在樹上尋找狗的蹤影。他看到更遠的地方，也就是杉林盡頭連接山谷的地方，有一塊平地，那裏有一隻黑狗。

那隻黑狗被綁在樹幹上。

口中咬著牠身邊一個女人的袖子。

女人拚命地想要逃走，然而黑狗卻死咬著不放。

最後那女人袖子被扯斷，連滾帶爬地跑出草原。

剛才在梅軒的同黨當中，那個追趕伊織的和尚，現在頭破血流，以槍當枴杖，正走在那女人的前面。那女人追過和尚，往山下逃走了。

——汪、汪、汪。

那隻黑狗可能聞到了血腥味，才會如此發狂。山谷間不斷地迴響著狗的叫聲。

最後那隻猛犬扯斷繩子，往女人逃走的方向跑去。途中那位跛腳走路的和尚，以爲狗要來咬自己，便用長槍刺狗。

長槍刺傷了黑狗的臉。

——汪！

狗夾著尾巴，躲入旁邊的杉樹林裏，再也沒聽到叫聲，也沒看到狗影了。

「師父！」

伊織從樹上報告。

「那女人逃跑了。」

「下來，伊織！」

「另外一個受傷的和尚往杉樹林的方向逃走了，要不要去追他？」

「不要了。」

伊織從樹上下來。武藏這時已從夢想權之助口中得知事情的原委。

「剛才他說有個女人逃跑了，那一定是阿甲。」

權之助昨夜在阿甲的茶館睡覺的時候，可能是上天的保佑，在一旁偷聽到他們所有的計畫。

武藏深深地感謝他。

「這麼說來，一開始也是你殺死開槍的人嘍？」

「不是我。是這根木杖。」

權之助開著玩笑，自己也笑了。

「他們想謀害你，我暗中觀察他們，看到有人拿槍，便趁天未亮時先到此埋伏，用木杖從背後打死拿槍的人。」

後來武藏和權之助檢視地上的屍體，發現用木杖打死的有七名，被武藏砍死的有五名。木杖砍死的比較多。

「這件事雖然錯不在我們，但這裏畢竟是個聖地，我想應該去向神領的村長報告。我有很多事情想問你，也想把我的事情告訴你；等我向村長報告完之後，再回觀音院與你碰面。」

然而——

他們尚未回到觀音院之前，發現神領村長的職員駐屯在谷川橋旁。武藏獨自上前向他們報告此事。

這些官吏聽了非常震驚，立刻吩咐手下：

「用繩子把他綁起來！」

「繩子？」

武藏沒想到事情會如此。自己前來報告，反而有罪，他覺得非常不可思議。

「走！」

武藏變成囚犯，雖然生氣也來不及了。他看到這些官吏的配備已經驚訝不已，又看到衆多的捕快駐守在路旁，更是不解。

來到了寺前街道，大約有一百多人團團圍住武藏，一副戒備森嚴。

下行的馱馬

1

「別哭，別哭！」

權之助把伊織抱在懷裏。不讓他哭出聲音。

「別再哭了。你不是男子漢嗎？」

權之助不斷地安慰伊織。

「男子漢？就因爲我是男子漢才要哭啊……我的師父被抓走了。師父被抓走了！」

伊織掙脫權之助，張著大口對著天空嚎哭。

「不是被抓走了，是武藏先生自己去控告的。」

權之助雖然口中這麼說，但心裏仍然忐忑不安。

駐守在谷川橋的官吏們，看來都殺氣騰騰，還有將近二十名捕快駐屯在那裏呢！

（眞奇怪！不必如此對待前來控告的人吧！）

權之助心裏也感到奇怪。

「走！我們走！」

他拉伊織的手。

「不要！」

伊織搖著頭，又要哭起來，不肯離開谷川橋。

「快點過來。」

「不要——如果師父不回來我就不走。」

「武藏先生一定會回去的。你如果不走，我可不管你了。」

即使這麼說，伊織還是不爲所動。這時，剛才那隻猛犬已經在杉樹林裏，噬飽了生血，突然快速地往這邊猛衝過來。

「啊！大叔！」

伊織趕緊跑到權之助身邊。

權之助不知道這位身材矮小的少年，曾經獨自住在荒郊野外的屋子裏，爲了埋葬去世的父親，因爲抱不動，曾想磨刀把父親的屍體切成兩斷，是一位充滿神勇氣概的男孩子，這才會說：

「你累了吧！」

權之助安慰伊織，又說：

「害怕嗎？沒關係，我來背你。」

權之助說著，背對伊織。

伊織停止哭泣。

「好。」

伊織撒嬌地攀上了權之助的背。

祭典在昨晚結束，本來聚集在此的人羣猶如秋風掃落葉一般，全部下山去了。三峰神社境內及寺前街道一帶又恢復冷清。

羣衆離開後，到處留下竹子、竹片和紙屑，正隨風旋轉。

權之助經過昨晚借睡的小吃店。悄悄地看了店內一眼，才走過去。背上的伊織說道：

「大叔，剛才在山上的女人在屋子裏呀！」

「應該在。」

權之助停下腳步。

「那個女人沒被抓，竟然抓走武藏先生。眞是豈有此理！」

剛才阿甲逃回家裏，立刻收拾金錢衣物，準備逃走，迎面卻碰到站在門口的權之助。

「畜牲！」

她在屋內朝外罵著。

2

權之助背著伊織站在屋簷下，用憎恨的眼睛看著阿甲。

「妳準備逃走呀？」

權之助嘲笑她。

在屋內的阿甲一聽非常氣憤，走了過來。

「謝謝你的大力相助。喂！年輕人！」

「什麼事？」

「你竟然扯我們後腿，幫助武藏。而且你還殺了我丈夫藤次。」

「這是罪有應得呀！」

「你給我記住。」

「妳想怎樣？」

權之助說完，背上的伊織也破口大罵：

「大壞蛋！」

「……」

最後阿甲坐在屋內，面露邪惡的笑容。

「你說我是大壞蛋？你們才是偷平等坊寶藏的大盜賊。不，應該說是那大盜賊的手下。」

「什麼？」

權之助放下伊織，跨進門內。

「妳說我們是盜賊？」

「沒錯，你們就是。」

「妳再說一次。」

「以後你就知道了。」

「快說！」

他用力抓住阿甲的手，阿甲突然拔出藏在背後的匕首，刺向權之助。

雖然權之助有木杖，但不用木杖，他已搶下阿甲手中的匕首，並把她推倒在屋簷下。

「山上的人呀！快來呀！偷寶藏的同夥在這裏呀！」

阿甲爲何要這麼說呢？她拚命叫著，最後跌到路上。

權之助用匕首丟向她的背，匕首穿過阿甲的胸膛，「哇！」的一聲，阿甲倒在血泊中。

這時候，剛才那隻猛犬阿黑不知從何處突然大聲吠叫，並跳到阿甲的身上，舔完傷口流出的鮮血後，對著天空吠叫。

「啊！那狗的眼睛？」

伊織嚇一大跳，他從狗的眼睛看出牠已經發狂。

不只是狗的眼睛，今早山上的人都帶著這種眼神，好像出了什麼事。

昨夜燈火通明，神樂的演奏使得祭典更添加熱鬧的氣氛。有人趁混亂之際，在深夜偷了平等坊的寶藏。

當然，這一定是外人做的事。寶藏庫裏的寶刀和古鏡並未被偷，然而多年來儲存的沙金、元寶和貨幣等都被一洗而空。

看來並非傳言，因爲山上有很多官吏和捕快都在那裏戒備，可能就是爲了這件事。

不！經阿甲剛才在路上這麼一叫，已有許多居民圍攏過來。

「在這裏，在房子裏面。」

「偷寶藏的歹徒逃到屋裏了。」

大家不敢接近房子，用隨手撿來的石頭擲向屋內。從這點看來，山上的居民也異常地激動，事情並不單純。

3

權之助和伊織兩人沿著山路一口氣逃了下來。他們從秩父山往入間川的方向下山，正好走到正丸嶺。

——偷寶藏的盜賊！

原本拿著竹槍和獵槍追趕他們的村人，到此也不見蹤影了。

權之助和伊織雖然已經安全，卻不知武藏的下落，令他們更加地不安。仔細想起來，他們一定錯認武藏是偷寶藏的盜賊，才會把他綁起來。武藏前去控訴，卻被誤認爲盜賊，一定被關在秩父的監獄裏。

「大叔！已經可以望見武藏野了。可是師父不知如何？是不是還沒釋放出來？」

「嗯，可能已經被送到秩父的監獄，遭受一頓毒打吧！」

「權之助先生！您能不能去救師父呀？」

「當然。他是無辜的。」

「請您一定要救我師父，拜託您。」

「對我權之助來說，武藏也是我的師父，即使你不拜託我，我也會去救他的。伊織！」

「是。」

「你還小，在我身邊會礙手礙腳。既然我們已來到這裏，你是否可以獨自回去武藏野的家？」

「可以是可以。」

「那麼你一人先回去吧！」

「權之助先生！您呢？」

「我想回秩父街上打聽武藏的消息。如果官吏們不分青紅皀白就把師父關進監獄裏，想陷他於莫須有的罪名的話，即使打破監獄，我也要把他救出來。」

說完，權之助用木杖敲著大地。伊織剛才已經見識過木杖的威力，便二話不說地點點頭，並與權之助告別，獨自回武藏野的家。

「你眞聰明。」

權之助誇獎他。

「你乖乖地留在草庵等待。我救出師父就一起回去。」

說完，拿著木杖往秩父的方向去了。伊織獨自一人並不寂寞，因爲他本來就生於曠野，何況只要沿著之前來三峰的路回去就可以了，他不怕迷路。只是現在他非常疲倦，因爲昨天連夜從三峰一路逃下來，雖然吃了一些栗子和鳥肉，但這一路上根本沒睡覺。

一個人走在暖和的秋陽下，伊織更是昏昏欲睡。好不容易下了山來，在路邊的草叢裏倒頭就睡。伊織躺在一塊石佛後面睡著了。一直到夕陽照著這塊石佛的時候，伊織被石頭前的竊竊私語吵醒，但心裏怕驚擾到對方，便繼續躺著假裝睡覺。

4

有一個人坐在石頭上，另外一個人坐在木頭上休息。

離他們稍遠的樹幹上，綁著兩頭馱馬，可能是那兩個人的。馬鞍兩頭綁著漆桶，桶子上寫著：

西城修繕用

野州漆店

從條子上的字來看，這兩個武士一定與修築江戶城有關，也許是負責漆的官員手下。

然而伊織從草叢中偷看，怎麼看這兩個人都不像一般的官吏。

一個年約五十，是個老武士。他的身體比年輕人還要壯碩。頭上戴的一字形斗笠，反射著陽光，使得斗笠下的臉一片黑，看不清楚。

坐在他對面的武士，年約十七、八歲。身材削瘦，蓄瀏海，用蘇芳染的手巾包著頭，在下巴打了結，談話時不斷地點頭，並露出微笑。

「怎麼樣？老爹！漆桶這個構想不錯吧？」

蓄著瀏海的年輕人說完，戴著一字形斗笠的老爹說道：

「你現在越來越精靈了，連我大藏都自嘆不如。」

「準備快妥當了。」

「說來也眞諷刺。也許再過四、五年，我大藏也得聽你差使了。」

「這是自然嘛！年輕人即使受到打壓，他還是會嶄露頭角，老年人即使心裏再急也沒用，仍會繼續衰老下去。」

「你覺得我心急嗎？」

「很抱歉我這麼說，你知道自己漸漸老了，才會急著動手。」

「你的確很厲害，能觀察到我的內心。」

「我們快走吧！」

「是啊！趁腳邊還沒黑之前趕快走。」

「別說這麼不吉利的話，我們的腳邊還十分明亮呢！」

「哈哈哈！你這麼年輕竟如此迷信，忌諱這些。」

「可能做這一行我經驗還不夠，才會如此覺得。有點風吹草動，心裏就慌了。」

「那是因爲你認爲自己是個普通的盜賊，才會如此。如果你認爲這是爲天下之人而做，就不會膽怯不前了。」

「你經常這麼說，我也盡量朝這方面想，但是盜賊就是盜賊，總覺得有人在背後監視我們。」

「別這麼沒志氣！」

戴一字形斗笠的老人，自己內心多少也有點膽怯。剛才的話雖然是針對年輕人說的，但也像是在對自己說似的。說完，走到掛著漆桶的馬鞍旁。

頭包手巾的瀏海青年，輕巧地跳上馬鞍。然後，驅馬走在前面。

「我在前面開路，如果有任何動靜，我會立刻通知你，可別大意。」

年輕人對後面馱馬上的老人說著。

這條道路通往武藏野的方向，也就是往南下山。最後馬匹和斗笠老人以及包頭巾的年輕人漸漸地消失在夕日餘暉中。

漆桶

1

躲在石佛後面的伊織聽到兩人的對話。雖然覺得奇怪，但一點也不瞭解他們所談的內容。

那兩人騎著馱馬一離開，伊織也尾隨後面跟蹤。

「……」

前面的兩人回頭看了一兩次，但看年幼的伊織身材又矮小，也就不以爲意。

過了不久天黑了，伸手不見五指。他們下山來到武藏野。

「老爹！你可看到扇街的燈影？」

年輕人指著遠方。道路已經變得平坦，眼前的平野有一條入間川，在黑暗中，像一條銀色的腰帶。

兩個人對伊織不抱任何警戒心。伊織雖然是個小孩，仍細心地不讓兩人起疑。

（那兩人一定是盜賊。）

這一點伊織可以確定。

盜賊是多麼地可怕呀——在他的出生地法典村，每一年都會遭受土匪刼掠，他們猶如蝗蟲過境般搶走所有的東西。所以伊織相當淸楚盜賊的橫行。而且在他年幼的心裏，認爲盜賊會隨便殺人，因此伊織擔心被他們發現後會沒命。面對如此可怕的人，爲何還會緊跟在後面呢？因爲他打算跟蹤這兩隻馱馬，看他們走到哪裏。他這麼做是有原因的。

闖進三峰神社寶庫，盜取財物的一定就是這兩個人。

伊織內心如此認爲。

剛才在石佛後面聽不懂他們談話的內容，後來仔細推敲，才恍然大悟。少年一向很相信自己的直覺，他斬釘截鐵地認定偷三峰神社寶藏的就是這兩個盜賊。

最後，伊織以及那兩隻馱馬已經來到扇街的鬧區。老人對前面的年輕人揮著手。

「城太！城太！我們在這裏吃點東西吧！馬要吃草，我也想坐下來抽根煙呢！」

他坐在馬鞍上說道。

兩人來到一家燈火昏暗的飯館前，繫好馱馬，走進店裏。蓄瀏海的年輕人坐在門口吃飯，他頻頻注意馱馬。吃完後，又立刻到外面餵馬。

2

伊織利用空檔也在別處吃飯。看到兩人又騎上馬走了，他不管口中的飯還來不及嚥下去，筷子一丟，便追了過去。

他們走在黑暗的道路上。武藏野是一大片草原，坐在馬鞍上的人一路聊著天。

「城太。」

「是。」

「有沒有把信送到木曾了？」

「送了。」

「那麼木曾的人會到首塚的樹下等我們囉！」

「是的。」

「時間呢？」

「我信上寫半夜，現在去的話，時間剛剛好。」

老人叫年輕人城太，年輕人則稱老人爲老爹。

這一對盜賊難不成是父子。

伊織如此猜想，心中感到害怕。他知道自己的力量無法擒住對方，他只是想尾隨兩人，查出他們的住處之後，再去通報官吏，武藏自然就會無罪被釋放——伊織很篤定。

也許事情無法如伊織所想的那麼順利，但以小孩的直覺來說，認爲他們兩人就是偷三峰神社財物的怪盜。

兩人以爲四周無人，毫無忌憚地大聲說話。他們的行動越來越詭異了。

河邊的城鎮像一片寂靜的湖水，正沈在睡夢中。街道兩旁的住家已不見燈火。騎著兩隻馱馬的人，爬上首塚的丘陵，看到登山口路邊有一塊石標。

首塚森林

在此上方

伊織躲進崖邊的樹林裏。山丘上有一棵巨大的松樹，松樹下繫了一匹馬。三個穿旅裝的浪人坐在松樹下抱膝等待。這時，其中一人突然站了起來。

「喔！是大藏先生！」

他們迎向上山來的兩隻馱馬，態度異常親密。他們看來久未見面，互訴離情，也爲兩人安全抵達而高興。

在天亮之前，他們得趕緊做好一件事。他們依照大藏的指示，撬開松樹下的一塊岩石，一人則拿圓鍬開始挖土。

他們挖出許多埋在地下的金銀財寶。看來他們每次偷了財寶之後都埋在這裏。那是一筆很大的金額。

蓄瀏海的年輕人——那個叫做城太的人從馱馬背上拿下所有的漆桶，打開蓋子，把裏面的東西倒在地上。

從漆桶倒出來的並非是漆，而是三峰神社遺失的沙金和元寶，加上地下挖出來的珠寶有幾萬兩之多。

他們把這些財寶分裝在幾個麻袋裏綁在馬背上，並把漆桶和不用的東西全部踢入洞中，然後把土掩回去。

「這樣子可以了。天還沒亮，我抽根煙休息吧！」

大藏說完，坐在松樹根上。其他四人也拍去樹根上的泥土，坐了下來。

3

木曾的草藥商大藏，自從離開奈良井的老家，已過了四年。名義上是到各寺廟參拜，其實暗地裏竟做些不法的勾當。他的足跡遍及關東各地。只要有神社佛閣的地方，幾乎都有奈良井大藏的捐款，他的錢是從哪裏來的，無人知道。

不只如此，他去年甚至在江戶城邊買了一棟住宅，還有一家當舖，甚至爲了博得村人的信任，還當上村裏的「五人組」中的一員。

這個大藏先前誘騙本位田又八到芝浦的海上，出錢叫他去狙擊新將軍秀忠。現在又趁三峰神社的祭典，偷了倉庫裏的寶藏，再加上首塚的松樹根下多年來貯存的金銀財寶，裝在幾個麻袋裏，分別綁在三匹馬上。

世局詭譎多變，最難理解的便是人心，分不出表裏。可是如果對所有的人都持懷疑態度，那就沒完沒了了。也許連自己都要懷疑自己呢！

如果是個聰明人也就罷了，偏偏又八不太精明，才會被大藏的巧言所騙。為了金錢甘心去冒大險。也許又八現在已在江戶城中，按照大藏的指示，挖出埋在槐樹下的槍砲，再伺機一槍打死秀忠將軍。

然而又八卻不知道那也是自己的死期。

無論如何，大藏是個怪人。像又八這種人最受他歡迎。而朱實現在也陪侍在他身邊，成了他的貼身侍女。更讓人驚訝的是，武藏花了幾年時間教育且愛護有加的城太郎已經十八歲，還蓄了瀏海，而且竟然稱大藏為老爹。事情怎會演變到這個地步呢？

如果阿通知道城太郎淪為盜賊，還叫大藏老爹，不知要比武藏難過幾倍。這事暫且不談。

話說剛才那五個人圍成一圈，討論了半刻鐘，結果決定奈良井的大藏暫時躲到木曾去，不要回江戶比較安全。

但是海邊的當舖仍有一些財務要處理，也有文件必須燒毀，以湮滅證據。何況朱實仍留在那裏，必須派人去接應。

「派城太郎去比較好，他去最適合。」

大家異口同聲地贊成。

最後，背著麻袋的三匹馬以及大藏，加上木曾來的三個人，趁天未亮趕往甲州路。城太郎則獨自往江戶路走去。

山丘上的天空，晨星正閃耀著光芒。所有的人影離去之後，伊織才跑出來。

「嗯！這下子該跟哪一邊去才好呢？」

他不知如何是好。眺望兩邊，都是一片漆黑，猶如置身於漆桶內的天地。

師兄弟

1

今日的天空也是一片湛藍，萬里無雲，使得秋老虎曬得人皮膚發燙。一行盜賊在光天化日下，可能會稍加收斂，不敢昂首闊步吧！然而城太郎卻一點也沒有這種顧忌。

他就像一個胸懷大志，迎向時代的青年般陶醉在武藏野遼闊的景色之中。

但他還是偶爾會向後張望。並非做賊心虛，而是因爲有個奇怪的小孩從今早就一直跟在後面。

那小孩大概迷路了吧！

城太郎如此想著，但是小孩一點也沒有寂寞的表情，不像是迷了路。

他是不是有事？

城太郎試著停下腳步等待。那少年也跟著停下腳步，並躲起來，試圖與他保持一定的距離。

城太郎心想不可大意，便躲到草叢中，靜觀少年的動靜。這時伊織眼看前面的人突然不見了，不禁納悶。

「奇怪？」
伊織繼續向前走，眼神有點狼狽，他到處尋找城太郎的蹤影。
城太郎仍與前夜一樣，用蘇芳染的手巾包住頭，並在下巴處打了結。他突然從草叢中站了起來。
「小鬼！」
四、五年前，城太郎也被人稱「小鬼！小鬼！」的，現在他長得人高馬大，也可以叫別人「小鬼」了。
「啊！」
伊織嚇了一跳，下意識地要逃跑，然而又想到逃跑也無濟於事，便回答：
「什麼事？」
他強作鎮定。還故意慢慢地向前挪動腳步。
「小鬼！你要去哪裏呀？等一下！」
「什麼事？」
「應該是你有事情找我吧？別再裝了，我知道你從河邊就一直跟著我。」
「沒有。」
伊織搖搖頭。
「我是要回十二社的中野村。」
「不，才不是呢！你一定是在跟蹤我，到底是誰派你來的？」

「我不知道。」

伊織拔腿要跑，城太郎伸手一把抓住他的衣領。

「你不肯說嗎？」

「可是……可是我……我什麼也不知道呀！」

「你這個傢伙！」

城太郎加重力氣。

「你一定是村公所派來的密探？喔！不，你一定是密探的小孩。」

「如果你認爲我是密探的小孩，就表示你是強盜了。」

「什麼？」

城太郎心中一驚，瞪著伊織。伊織甩開他的手，身體一低，像一陣風般飛也似地逃走了。

「啊！這傢伙！」

城太郎趕緊追上去。

在草原的一端，有幾棟像蜂巢般並排在一起的茅草屋。那是野火止部落。

2

這個部落裏有製造圓鍬的打鐵舖。不知何處傳來「鏗！鏗！」的打鐵聲，空氣中瀰漫著悠哉的氣氛。秋草已乾枯，地上到處是土撥鼠挖過的泥土堆。民家的屋簷下，晾曬的衣物正滴著水。

「小偷！小偷！」

有個小孩在路上大叫。

很多人聽到了，從曬著柿乾的房子以及昏暗的小馬廄跑了出來。

伊織對著這些人揮手叫道：

「有個戴頭巾的男人在追我，他是偷秩父三峰神社寶藏的盜賊之一，你們快抓住他呀！啊！來了！來了！追過來了！」

伊織大聲告訴大家。

村人見伊織如此大叫，先是一陣愕然，大夥兒順著伊織所指的方向看去，的確有個年輕武士戴著蘇芳染頭巾，往這邊飛奔過來。

然而農夫們只是冷眼旁觀。伊織又說：

「有人偷了寶藏，是眞的。那個人眞的偷了秩父的寶藏。快點把他抓起來，不然會給他逃走了。」

伊織拚命大叫。

他就像一名大將指揮裹足不前的士兵。但是，雷聲大雨點小，整個村落仍是一片沈寂，並未因他的叫喊而震動，大家的表情一派悠哉。對伊織的叫聲和誇張的動作，只看了一眼，又各做各人的事去了。

這時城太郎已經出現在眼前。伊織情急之下，趕緊躲了起來。不知城太郎是否知道伊織躲藏的地方，只是瞪著兩隻骨碌碌的眼睛，望著道路兩旁的居民，並故意放慢腳步，慢慢地走過。

「如果有人要管閒事，盡管來吧！」

城太郎就差沒說出口，他故作鎮定。

村民都屏氣凝神，目送他離去。本來大家聽說是偷寶藏的小偷，心想一定是個兇神惡煞。沒想到只是一個十七、八歲的少年，又長得眉清目秀，威風凜凜。因此大家甚至怪起剛才那個小孩隨口開玩笑。

伊織眼見無人伸張正義，心想大人竟如此膽小。他也知道自己一個人的力量不夠，所以想趕快回中野村的草庵，找熟人去告訴衙門來抓強盜。

他離開野火止村，走到田間小路上。不久，他看到熟悉的杉樹林，再走一公里路便可到達他那被暴風吹垮的草庵。他興奮得跑了起來。

突然，有人伸手擋住他的去路，原來是城太郎。伊織心中一涼，但他並不害怕。因爲這裏是他的地盤，但他知道再逃也沒用。他後退一步，拔出腰上的大刀。

「畜牲！」

他像要砍殺野獸一般，口中怒罵並揮著大刀。

3

伊織即使拔出大刀，也不過是個小鬼頭。城太郎跟本未放在心上，空手便撲過去。

他打算抓伊織的領子。伊織叫了一聲：

「哼！」

他躲過城太郎的手，往旁邊跳開十尺。

「狗養的。」

城太郎向前逼近，卻發現右手指流出了溫熱的液體，他舉起手肘一看，原來手腕有一道兩吋長的傷口。

「好傢伙！」

這下子城太郎對伊織另眼相看。伊織照武藏平時所教，擺出架勢。

眼睛──

眼睛──

眼睛──

平常師父嚴格的教導，全部集中在伊織的眼睛裏。他幾乎把整個臉的重心集中在眼睛。

「不能讓他活著。」

城太郎光是互相對視，已經輸給了伊織。接著他拔出腰上的長刀。心想即使對方砍傷了自己，但功夫大概不過如此。然而伊織剛才砍傷敵人，信心大增。因此他又唰地一聲，拿刀攻向城太郎。他跳躍的姿勢與平常跳向武藏的姿勢完全一樣，使得城太郎受到莫大的壓迫。

「你別得意。」

城太郎也全力以赴。他認爲這小鬼既已知道自己的秘密，爲了保護同伴，更不能留他活口。伊織跳起來，拿刀砍向城太郎。城太郎也用刀抵擋。但是伊織動作敏捷，功夫在城太郎之上。

「你這小鬼像隻跳蚤。」

城太郎在心中說著。

就在這時候，伊織突然跑了起來。原以爲他要逃走，卻又轉身回攻。這回城太郎卯足全力攻擊，伊織巧妙閃躲，又逃開了。

聰明的伊織想用這個方法把敵人誘向自己的村子。最後城太郎果然被引到伊織的草庵附近的雜樹林裏。

夕陽西下，林中一片昏暗。城太郎卯盡全力追伊織。到了林中卻不見伊織蹤影，他喘了一口氣：

「小鬼！你躲在哪裏？」

說著，四處眺望。他身旁的一棵大樹嘩啦嘩啦地掉了很多樹皮和灰塵下來，也掉在他的衣領上。

「原來躲在這裏！」

城太郎往上看，只見樹梢的天空一片昏暗，只有一、兩顆星星閃爍。

4

樹上沒有任何動靜，只有水滴落下。城太郎心想伊織一定躲在樹上，便小心翼翼地爬上去。

結果唰——的一聲，樹上有了動靜。

伊織面對樹梢，趴在一根樹枝上，像隻猴子。他的前面已沒有別的樹枝了。

「小鬼！」

「……」

「我看你插翅也難飛了。快點向我求饒吧！如果你肯求我，我也不是那麼無情。」

「……」

伊織像一隻小猴子，縮在樹梢上，城太郎向上爬，快要接近伊織了。但伊織仍保持沈默，城太郎伸手想抓他的腳。

「……」

伊織仍不語，又爬到另一樹枝上，城太郎兩隻手抓住剛才伊織站的樹枝。

「喔！」

城太郎正準備伸手抓伊織，伊織早有準備，他將藏在右手的刀，從上面砍向那根樹枝。

樹枝被砍了一刀，加上城太郎的重量，嘐——的一聲，城太郎的身影隨著樹枝掉落地面。

「怎麼樣？小偷！」

伊織在上面喊話。然而城太郎就像抓著降落傘一般，他手上的樹枝連打其它的樹枝之後才落地，因此他並沒有受傷。

「你眞有兩下子！」

城太郎又抬頭向上看。這一回他像隻豹爬樹一般又靠近伊織的腳，伊織拿刀往下亂砍一通。城太郎雙手不方便，想接近伊織更不是那麼容易。

伊織人小鬼大，而城太郎仗著年紀稍長，小覷了他。雖然如此，在樹上僵持這麼久也分不出孰勝孰負。不，應該說身體較小的伊織反而占優勢。

就在此時，杉樹林的另一端傳來簫聲，雖然看不到吹簫的人，也不知人在何方，但兩人同時都聽見了，因此可以確定的確有人在吹簫。

伊織和城太郎聽到簫聲的那一瞬間，停止了爭鬥，望著黑暗的天空，屏神凝聽。

「小鬼！」

城太郎打破沈默，重新面對伊織。這回有如教誨的口吻。

「你個頭雖小，卻毅力過人，我非常佩服，只要你告訴我，是誰派你來跟蹤我的，我就饒了你。」

「別作夢。」

「什麼？」

「你別小看我。我可是宮本武藏的弟子，叫做三澤伊織。如果我向小偷求饒，那豈不是有辱我師父。所以我說你別作夢了。笨蛋！」

5

城太郎一聽，整個人楞在樹上。這比剛才從樹上滑落地面時更令他震驚。他除了感到意外，甚至懷疑自己的耳朵。

「什麼？你再說一次，再說一次。」

城太郎的聲音強烈地顫抖著，伊織以爲是自己的名字嚇著他了。

「你好好聽著，我是宮本武藏的弟子——三澤伊織。你很驚訝吧！」

「我很驚訝。」

城太郎莫名其妙地投降。他既懷疑又親切的心情問道：

「師父現在可好？他在哪裏？」

「你說什麼？」

這回換伊織覺得莫名其妙，見城太郎一直靠過來，他連忙躲閃。

「你叫他師父？武藏師父可沒有小偷弟子。」

「小偷？這個名字不好聽，我城太郎沒那麼壞心眼。」

「咦？你是城、城太郎？」

「如果你眞的是師父的弟子，一定聽他提過我。我像你這麼小的時候，跟在他身邊好幾年。」

「騙人，你騙人。」

「不，是眞的。」

「我不會受騙的。」

「我說的都是眞的。」

城太郎想起跟隨師父時的情形，不禁一陣激動，突然想抱住伊織的肩膀。

但是伊織不相信。城太郎伸出手，告訴伊織兩人是師兄弟，然而伊織仍不相信，準備拿刀子向城太郎的腹部刺去。

「啊！等一下。」

城太郎在樹上行動不方便，雖然及時抓住對方的手，但另外一隻手也離開了樹幹，再加上伊織卯全身之力撲過來，因此他抓著伊織的衣領，猛力踩在另一枝樹枝上而彈了開來。

兩人的身體撞在一塊兒，折斷無數的枝葉之後，掉在地上。

這回跟剛才城太郎掉下去的情況大相不同，兩個人的重量再加上速度，使得他們著地時就像兩隻胸貼著胸的鳥，渾然失去知覺。

這裏的雜木林和杉樹林混雜成一片，杉樹林中有一塊空地，那裏就是以前武藏被暴風雨打壞的草庵處。

在武藏要出發去秩父的那天早上，村人遵守信諾，當天起便找了很多人來修補被風吹垮的草庵。

現在，屋頂和柱子已經修好了。

雖然武藏還沒回來，但是這戶只有屋頂，沒有牆壁沒有門的房子裏，今夜竟然點著燈火。原來是昨日從江戶來探視洪水災情的澤庵，一個人先住在這裏等候武藏歸來。

澤庵獨宿於此，昨夜是一個人度過的。然而今夜有一名流浪的苦行僧看到此處燈光，便過來要一碗熱湯。

熱湯配飯吃。

剛才雜木林中傳來的簫聲，便是這名年老的苦行僧在吃完柏葉包的飯糰之後爲澤庵吹奏的。

大事

1

苦行僧的眼睛不太好，不知是眼疾還是老花了，做什麼事情都必須用手摸來摸去。

澤庵並未要求他吹簫，是他自己毛遂自薦要吹一曲，他的簫吹得像外行人一般笨拙。

不過澤庵聽著聽著，覺得他吹的簫充滿眞情，毫無一般世人的矯揉做作。曲調間平仄雖然不夠協調，但能表露出他吹簫時所欲傳達的心聲。

這個被世人遺忘的苦行僧，用一支破簫傳達他滿心的「懺悔」。整首曲子從頭到尾就如同在懺悔哭泣一般。

澤庵靜靜聆聽，慢慢地他似乎已經瞭解這位流浪僧一生是何等光景。無論偉人或是平凡的人，在人性心靈的旅程並無太大的區分。偉人和凡人之間的差異，在於如何跨越人類共通的煩惱。苦行僧和澤庵透過這支破簫，無形的心靈得以相互瞭解，細思過往歲月，兩人皆有相同的煩惱，原是凡夫俗子罷了。

「我好像見過你。」

澤庵聽完他的吹奏之後說道。這一來苦行僧眨著眼，說：

「我也覺得似乎聽過你的聲音。現在聽你這麼一說，我猜想你是不是但馬的宗彭澤庵大師，曾經住過美作吉野鄉的七寶寺……」

話還沒說完，澤庵也想起來了。這時，屋裏的燈火已快熄滅，澤庵重新挑燃燈芯，仔細凝視眼前這位鬢髮霜白、臉頰瘦削的老僧。

「啊！你不是青木丹佐衛門嗎？」

「這麼說來，你的確是澤庵大師了。哎呀！現在地上如果有個洞，我眞想鑽進去。沒想到我竟落得如此下場。宗彭大師，你別認爲我是以前的青木丹佐呀！」

「沒想到會在這裏見到你。七寶寺到現在已經十年了。」

「你提起此事，讓我心頭有如冰雨澆淋般難受。我即將步入黃泉，成爲荒野中的一堆白骨，如今我日日夜夜所思掛的便是我的兒子。」

「你的兒子，你的兒子現在在哪裏？」

「以前我在讚甘山圍捕武藏，致使武藏被你綁在千年杉上受苦。之後聽說他改名爲宮本武藏，又聽說我兒子成了他的弟子，現在已經來到關東。」

「什麼？武藏的弟子？」

「當我聽到這件事時，我羞愧得無地自容，不知該如何面對此人。我甚至不敢讓武藏看到我現在的樣子。但我實在是非常想念我兒子……屈指算來，城太郎現在已經十八歲了。如果我能在有生之年看到他長大的樣子，我死也無憾了。因此我不顧羞慚，前一陣子一直在關東四處尋找他。」

2

「這麼說來，城太郎是你兒子嘍？」

澤庵從未聽過這件事。自己跟城太郎那麼熟悉，爲何從沒聽過阿通和武藏提起他的身世呢？

苦行僧青木丹佐默默地點頭。這時的他形容枯槁，無法想像當年他留著八字鬍，充滿大將威風，精神煥發的英姿。澤庵憐憫地看著他，說不出安慰的話。因爲丹佐已經從充滿欲望的人性中蛻變而出，迎向人生暮鐘，不需任何安慰的話語了。

雖然如此，這個苦行僧爲了過去而懺悔、傷心，認爲自己毫無未來。皮包骨的身軀令澤庵覺得非常可憐。當這個人失去自己的社會地位，失去所擁有的一切時，一定也沒享受到法悅的境界，更沒想到佛陀能夠救助他。雖然在他有權有勢的時候，爲非做歹，隨心所欲，極其囂張，但此人仍有他道德良心的一面，才會隨著自己的敗落而良心發現，幾乎要扼殺自己的餘生以贖罪。

因此他這一生的期望說不定就是見武藏一面，並向他道歉，以及親眼目睹長大成人的兒子，對他的將來放心之後，也許隔天就會到樹林裏上吊自殺了。

澤庵認爲在這男子見到他兒子之前，一定要先讓他見見佛陀。即使是無惡不作的歹徒，只要向佛祖求救，就能得到佛祖慈悲的光輝。因此先讓他面對佛陀之後再讓他面對城太郎也不晚，至於和武藏見面則屬後來之事，對他好，對武藏也好。

澤庵如是想，因此他告訴丹佐：城內有一座禪寺，只要報上我的名字，便可隨意在那裏住宿，愛住多久就住多久。我若有空會去找你，見面之後再詳談。至於你的兒子城太郎，我一定盡力促成你們父子相逢。別太苛責自己，即使是五十歲、六十歲，前途依舊光明，一片樂土，有工作也有人生。在我去禪寺與你見面之前，你也可以與該寺的和尚聊聊人生的眞諦。

澤庵這麼鼓勵他之後，故意要青木丹佐離開那裏。丹佐似乎也瞭解澤庵的心意，不斷地道謝之後，背著蓆子和簫，依賴竹杖，扶著牆走了出去。

這一帶是丘陵地。下坡路很容易跌倒。因此丹佐往林子裏去。沿著杉樹林的小路，進入雜木林。

「?……」

丹佐的手杖碰到一樣東西，他的眼睛並未全瞎，他彎下身子，仔細察看。雖然林子裏黑暗，一時間看不清楚，最後藉著從樹縫照射下來的星光，依稀可見兩個被露水沾溼的人躺在地上。

3

丹佐不知想到什麼，沿著原路回去，然後走到剛才的草庵，望著裏面的燈火：

「澤庵大師……我是丹佐，我發現樹林裏有兩個年輕人從樹上跌了下來，昏迷了。」

澤庵聽他這麼一說，連忙拿著燈火來到屋外。丹佐又說：

「很不巧，我身上沒帶藥，而且眼睛也看不清楚，無法給他們水喝。那兩個少年可能是附近鄉士的兒子，或者是來這兒遊玩的武家兄弟，請你救救他們好嗎？」

澤庵點點頭，穿上草鞋，對丘陵下的茅草屋大聲叫喊。

有個人影從屋子裏走出來，抬頭看看山丘上的草庵。原來是住在那裏的農夫。澤庵叫他準備火把和水。

農夫拿著火把上來的時候，丹佐正好沿著澤庵告訴他的道路——這回是走山丘上的道路下山，走到半路剛好遇見拿火把的農夫。

如果丹佐走剛才迷路時的那條路，必定能隨著農夫而認出兒子城太郎，可惜他重新向澤庵詢問往江戶的方向，致使父子無緣相見。

然而塞翁失馬，焉知非福？人生總要到頭來回顧往事時，才能判斷是緣薄或是不幸。

拿著竹筒水和火把的農夫很快地趕過來。他是這兩天都在幫忙修理草庵的村人之一，以為發生什麼大事，急忙跟隨澤庵走進林子裏。

他們拿著火把來到丹佐所說的地點。這會兒情況與剛才不大一樣，剛才丹佐發現兩人時，城太郎和伊織由於重重地跌了一跤，昏倒在地上。現在城太郎已經醒來，呆呆地坐在那裏，他想要叫醒伊織，問個明白，或是趕快逃走。城太郎不知如何是好，只是一隻手放在伊織身上，正陷入沈思。

當城太郎看到火把，聽到腳步聲時，突然像一隻迅捷又敏銳的野獸，在夜間隨時攻擊敵人一般，全身戒備。

「咦？」

農夫拿著火把走在澤庵身邊。城太郎這才發現不須如此緊張，放心後，抬頭望著兩個人影。

——咦？

澤庵原以爲兩人是昏倒的，沒想到其中一人竟坐起來了。雙方互看了好一陣子，不約而同地又叫了一聲。

「咦？」

澤庵眼前的城太郎，身體長高了許多，臉龐和以前完全判若兩人，因此一下子無法認出他來，但城太郎一眼就看出是澤庵。

4

「你不是城太郎嗎？」

澤庵瞪大眼睛，驚訝不已。

澤庵一直以爲城太郎是在抬頭望自己，這才看淸他早已雙手伏地，向自己深深行禮。

「是的……是的，我是城太郎。」

城太郎看到澤庵，聯想起自己以前還在流鼻涕時，天不怕地不怕只怕這個和尚。

「嗯！你就是城太郎嗎？沒想到你已經長大成人，而且是個敏銳的年輕人。」

澤庵看到城太郎長大的模樣，感到非常驚訝。望了好久，這才又想起必須趕緊救伊織。

他抱起伊織，發現他體溫猶存，連忙給他水喝，很快地伊織也恢復了意識。伊織醒來之後，雙眼骨碌碌地左顧右盼，突然大聲地哭了起來。

「痛嗎？哪裏痛了？」

澤庵問著，伊織搖搖頭回答：哪裏都不痛，只是師父不見了。師父被關到秩父的牢裏。他說好可怕，又哭得更大聲了。

他哭得兇，話也說得急，所以澤庵一下子也搞不清他的意思。經過仔細追問，才瞭解事情的原委。於是他也跟伊織一樣，擔憂起來了。

這一來在一旁聽他們講話的城太郎，全身毛骨悚然，面露驚愕。

「澤庵大師，我有話對你說。請借一步……」

他的聲音很小而且顫抖著。

伊織不再哭了，閃著懷疑的眼光靠近澤庵。

「那傢伙是小偷，他說的話一定是騙人的。澤庵大師你可要小心啊！」

說著，用手指著城太郎。

城太郎瞪著他，伊織則一副挑釁的眼神回瞪城太郎。

「你們兩個別再吵架了，你們不是師兄弟嗎？這事由我來裁決吧！你們跟我來！」

他們循原路回到草庵，澤庵叫他們生起柴火。方才那名農夫看沒事了，便回自己的茅草屋去。澤庵坐在火堆旁，叫他們一起坐下，但伊織不肯。他拒絕承認當小偷的城太郎是師兄弟。

不過，瞧澤庵和城太郎聊起往事，氣氛融洽，伊織有點嫉妒，不知不覺地也靠到火堆旁了。

澤庵和城太郎低聲地談著話，伊織則在一旁默默地聽著。城太郎就像在佛陀前懺悔的女人一般，淚水在睫毛間打滾。沒等澤庵詢問，便老實地一五一十全盤托出。

「……是的。我離開師父已經四年了。這期間，奈良井的大藏養我，照顧我，並且教導我。我也常聽他談起他偉大的志向以及在世上的生存之道。因此，我受他的影響甘冒生命危險也在所不惜。一直到今天，我都在為大藏工作。可是被叫做小偷，我感到非常痛心。我是武藏師父的弟子，雖然離開他的身邊，但是我一刻也未曾忘記師父的教誨。」

5

城太郎又說：

「大藏和我在天地神明之前立過誓，不可將我們的目的告訴他人，即使是對澤庵大師也不能說。可是師父武藏竟然被冤枉是偷寶藏的人而關到秩父監獄，我也不能坐視不管。明天我立刻啓程到秩父，告訴他們下手的人是我，並向他們自首，把師父從牢裏救出來。」

澤庵不斷地點頭聽他說話，然後抬起頭來：

「如此說來，偷寶藏一事是你和大藏所為？」

「是的。」

城太郎抬頭挺胸地回答，語氣中毫無羞恥之意。

澤庵瞪大眼注視城太郎，城太郎只好低下頭來。

「你真的是小偷？」

「不……不，我們不同於普通的盜賊。」

「難道小偷還有分等級嗎？」

「可是，我們不是為了私欲才當小偷，而是為了功名，我們只動公家的財產。」

「這我可就不明白了。」

澤庵斷然地說道：

「你的意思是說你們是義賊嗎？在中國的小說裏，經常出現這種劍俠和道俠等奇特的人，你是跟這些人同類的嗎？」

「如果我再多加解釋，就會抖出大藏的秘密。所以，無論你再怎麼罵我，我只得忍氣吞聲。」

「哈哈哈，怎麼說你是不會透露真相的，是嗎？」

「雖然如此，為了救出師父，我會去自首。希望大師能好好地轉告武藏師父。」

「我澤庵可不做傳聲筒。武藏本來就無罪，即使你不去救他，他也會被釋放。但更重要的是，你應該坦誠面對佛陀，幸好有我這個澤庵來引導你，真心地向佛陀懺悔吧！」

「向佛陀懺悔?」

城太郎從未想過這件事。

「沒錯。」

澤庵理所當然地勸城太郎。

「聽你的口氣，當盜賊似乎是爲社會、爲人們，聽起來很偉大。可是在管他人閒事之前，該先管好自己才對，你周圍難道沒有不幸的人嗎?」

「如果全都爲自己著想，就做不成天下的大事了。」

「你眞是乳臭未乾。」

澤庵怒斥一聲，重重地打了城太郎的臉頰一拳。城太郎冷不防被打了一拳，驚慌失措。

「你自己才是爲人處世的根本。任何事業都是從自己開始，完全不考慮自己的人要如何爲衆人做事?」

「不，我的意思是說，不考慮自己的欲望。」

「住口，你可知道你只是一個乳臭未乾尚未成熟的毛頭小子，人生歷練還很嫩，便自認爲瞭解社會，甚至誇口要做大事，這種人才是最可怕的。城太郎，我大致已經瞭解你和大藏所做的事。我現在不再追問了。你是傻瓜，你是笨蛋，只有身體長大，內心卻未臻成熟。你在哭什麼?你在後悔什麼?你最好擦乾鼻涕，好好反省。」

6

澤庵叫兩人睡覺。城太郎不得不睡，只好蓋上草蓆躺下來。

澤庵睡了，伊織也睡了。

可是城太郎卻睡不著。他心裏惦念著被關在監獄的師父武藏，他雙手合掌於胸，打從心裏贖罪。他仰躺著，淚水沿著眼尾流到耳朵裏。側躺過來，又想起阿通姊，不知現在如何了。阿通姊如果在此，他更是無顏以對。澤庵剛才那一拳打得他疼痛無比。即使阿通姊不打他，想必也會捶胸頓足大哭的。

自己對大藏立過誓言，絕對不可以洩漏秘密。但是天亮之後，澤庵一定又會來勸他，城太郎決定趁現在逃走。

城太郎決定後，悄悄地站起來。這座草庵既無牆壁，也無天花板，很容易逃走。他走到屋外仰望星空，再不趕快走的話，天就要亮了。

「喂，等一下。」

城太郎正要離開，背後傳來令他心頭一驚的聲音。原來澤庵正站在他背後，澤庵來到他身邊，將手放在他肩上。

「你眞的要去自首嗎？」

「……」

城太郎默默地點頭，澤庵憐憫地說：

「你眞的想寃死嗎？你未免太草率了。」

「寃死？」

「沒錯！也許你認爲只要出面自首，承認自己是犯人，他們便會釋放武藏。要知道世上可沒這麼便宜的事。你到了役所，就必須將隱瞞我的事全部招供，他們才可能會相信你。結果武藏依舊被關在監獄。你呢？在這一、兩年勢必被活活地拷問——這是必然的結局。」

「……」

「也許你不認爲這是寃死，如果你眞想洗雪師父的冤罪，必得先洗淸你自己才行。你認爲讓役所的人拷問比較好，還是坦誠面對澤庵比較好？」

「……」

「我只是佛陀的一名弟子。並不是我逼問你，或是由我來裁決，我只是引導你坦誠面對佛陀罷了。」

「……」

「如果你不喜歡這樣，還有另外一個方法。昨夜我在這裏跟你的父親靑木丹佐衛門不期而遇。這會又碰到他的兒子，也就是你，我們是何等有緣啊！丹佐現在在江戶的某座禪寺裏，反正你終究難逃一死，不如去見見你父親最後一面吧！順便可以問你父親，我所說的話是對還是錯。」

「……」

「城太郎，照方才我說的，你有三條路可以選擇。」

澤庵說完準備回去睡覺。

昨天和伊織在樹上纏鬥時，遠處傳來的簫聲又再度迴響於城太郎耳際。現在才知道那是父親吹的簫，城太郎即使不問父親的近況，也可以從簫聲中瞭解父親現今是多麼地徬徨，多麼悲傷……

「等一下……澤庵大師，我說，我說。雖然我曾向大藏發誓不告訴別人，但是我要向佛陀說出一切。」

說完，他拉著澤庵的袖子走入森林裏。

7

城太郎向澤庵告白。黑暗中，他一個人自言自語地將一切事情全盤托出。

澤庵自始至終未說過一句話。

「這就是全部了。」

城太郎說完沈默不語，澤庵這才問道：

「只有這樣嗎？」

城太郎回答：

「是的，就是這樣。」

「好。」

澤庵也沈默了大半天。不久，杉樹林上空出現淡藍破曉色。

烏鴉開始嘎嘎叫，四周漸漸轉亮，澤庵似乎站累了，便坐在杉樹下。城太郎則倚靠在樹幹上，等候澤庵的教誨。

「……你竟然被捲進這些危險分子當中。這羣人沒搞清天下動向，實在悲哀，幸好事情尚未發生。」

澤庵現在已經大致瞭解。他從懷裏拿出兩枚黃金，叫城太郎馬上離開這裏。

「你再不快點離開，除了你之外，可能還會危及你父親和師父，快點逃到別處去吧！逃得越遠越好——而且要避開甲州路和木曾路，因爲從今天下午開始，各個官所可能要嚴加戒備了。」

「可是，師父怎麼辦呢？他爲我坐牢，我豈能如此逃走？」

「這件事由我來處理。再過兩、三年，等這件事的鋒頭過去之後，再去找武藏賠罪。到時候，我會陪你去的。」

「……那麼我走了。」

「等一下。」

「是的。」

「臨走之前，江戶的麻布村有座正受庵禪寺，你父親青木丹佐昨天已經先去那裏了。」

「是。」

「這是大德寺的大印，你帶著它到正受庵領取和尚的斗笠和袈裟。暫時和丹佐一樣打扮成和尚，趕緊逃走。」

「爲什麼要打扮成和尚?」

「你這個笨傢伙，連自己犯了什麼罪都不知道。你們想暗殺德川家的新將軍，並趁機放火燒大御府的駿所，意圖一舉讓關東地區陷入混亂。眞是一羣莽漢，而你不就是其中的一個嗎?說得嚴重一點，就是擾亂治安的叛徒。若被抓到，一定會被砍頭。」

「……」

「快走，趁太陽還沒昇起之前快走。」

「澤庵大師，我還要問你一句話，爲何說想打倒德川家就是叛徒呢?那德川打倒豐臣取得天下，爲何就不算叛徒呢?」

「……我不知道。」

澤庵用可怕的眼神瞪著城太郎。對於此事誰也無法說明。雖然澤庵並不是無法讓城太郎信服，只是他現在找不到能讓城太郎心服口服的理由。時局天天在變，很自然地產生這種結果。意圖推翻德川家的人便是叛徒。因爲社會的情勢就像一股大潮流，若有人想違逆，必定會落得身敗名裂的悲慘命運，甚至被時代所排斥而滅亡，這已是個不爭的事實。

石榴的傷痕

1

這一天，澤庵帶著伊織去拜訪赤坂城的北條安房守家。大門前的楓葉不知何時已經轉紅了。

「北條大人在嗎？」

澤庵問一位小僕人。

「在，請等一下。」

說完，小僕人跑進屋去。

安房守的兒子新藏出來迎接。他說不巧父親進城去了，請澤庵兩人先進屋裏。

「他在城裏嗎？這太湊巧了。」

澤庵說自己也正要進城，希望能將伊織留在這裏。

「當然可以。」

新藏看了伊織一眼，笑著回答。因爲他與伊織稱得上是舊識。既然大師要進城，新藏便吩咐僕人備轎。

「那就拜託了。」

在等待轎子時，澤庵站在楓樹下欣賞紅葉，突然想起一件事。

「對了，江戶奉行叫什麼？」

「你是指鎮上的奉行嗎？」

「哦！這麼說來鎮上的奉行是新設立的嘍？」

「是堀式部少輔大人。」

猶如神轎般的轎子來了。澤庵囑咐伊織要聽話別調皮，自己則坐著轎子搖搖晃晃地通過楓樹下出門去了。

伊織已不在門口，他跑到馬廄看馬。馬廄有兩棟，全都是一些鬃毛、白眉、月毛等，而且每一隻都養得肥肥壯壯。伊織納悶不種田幹嘛要養這麼多馬？不由得對武士家的財富咋舌。

「對了，一定是作戰用。」

找到答案後，他更仔細地觀察馬匹，發現武家所養的馬和野生馬長得不太一樣。

從小，馬便是伊織的朋友，他非常喜歡馬，怎麼看都不厭倦。

這時，門口傳來新藏大聲說話的聲音，伊織以爲是罵自己，連忙回頭，看到門口站了一名削瘦的老太婆，拄著枴杖，一臉固執，正面對屋裏的北條新藏。

「我父親不在就是不在。我不認識妳，沒必要騙妳，他眞的是不在。」

老太婆的態度似乎惹怒了新藏，而新藏的語氣又讓老太婆更加憤怒。

「我哪裏得罪你了，你剛稱呼安房守是父親，想必你是他兒子，你可知道，前一陣子我老太婆來敲過幾次門了。不只五、六次喔！每次來都說不在，誰會相信啊？」

「我才不管妳來幾次，我父親不喜歡見客，他不想見妳而妳卻強行要見他，那是妳不對。」

「你說他不喜歡見客？別讓人笑破肚皮了。他既然不喜歡見人，又爲何要住在人羣裏？」

阿杉婆故態復萌，逞口舌之強，一副今天如果見不到人，絕不回去的表情。

2

俗語說千斤頂也請不動。現在老太婆就是這副表情。

別以爲老人家就好欺負──阿杉婆也有一般老人的自尊心。不，應該說她的自尊心比任何人都還要強。只要有人小覷她，她便陷入緊張的備戰狀態，甚至擺出周旋到底的態度。

年輕的新藏要對付這老太婆並非易事，搞不好還會被她拳打腳踢或辱罵幾句，而對方根本無動於衷，甚至露齒嘲笑。

「無禮的人。」

新藏很想這樣罵她，但又想到沈不住氣可能會壞事，而且也懷疑這對老太婆是否有效。

「我父親眞的不在。妳何不先坐下來，把事情告訴我，我一定替妳轉達。」

新藏試著安撫老太婆。沒想到這個方法比他預期的更爲有效。

「我從大川一直走到牛込實在不容易。老實說，我走得腳好痠，就依你說的先坐下來吧！」

她便坐在門內的地板上，右手揉膝蓋。但是她的舌頭絲毫不疲憊。

「喂！我說你這個兒子啊——剛才你的語氣和善，我老太婆也認爲是自己太大聲了，眞不好意思。那麼我就先把事情告訴你，等安房守回來之後，你再幫我轉告他。」

「我知道了。您找我父親有什麼事？」

「沒別的事，是有關作州浪人宮本武藏的事。」

「武藏怎麼了？」

「他在十七歲的時候，到關原去打仗，是與德川家爲敵的人。而且在鄉里做盡壞事，村子裏沒有一個人說他是好人，再加上他殺人無數，連我這老太婆也要找他報仇。他現在四處逃竄，是個無惡不作的浪人。」

「等一下，阿婆。」

「哎呀！你聽我說完嘛！不只如此，連我兒子的未婚妻阿通都被他騙走了。這個壞蛋，竟然敢誘拐朋友之妻……」

「等一等，等一等。」

新藏舉起手來，制止阿婆往下說。

「阿婆，妳到底有何目的？是來說武藏的是非嗎？」

「你這傻瓜，我是爲天下而來的。」

「妳誹謗武藏竟然是爲了天下嗎？」

「難道不是嗎？」

阿婆開始解釋。

「聽說府上的北條安房守因爲澤庵和尚的推薦，竟然要安排武藏爲將軍家的兵法教練。」

「妳聽誰說的？這件事還未公開呢！」

「有人從小野武館那裏聽來的。」

「果眞如此的話，妳又想怎麼樣？」

「就像我剛才所說的，武藏是個壞蛋，你們竟然要介紹這種人到將軍家？這不打緊，還要讓他當兵法教練。將軍家的師範乃天下之師，我一想到武藏就覺得噁心，渾身顫抖……我來此就是要規勸安房守。你瞭解了嗎？」

3

新藏相信武藏的爲人。父親和澤庵推薦他爲將軍家的兵法教練，他亦引以爲榮，認爲這是一件喜事。

眼前對於老太婆的辱罵，即使耐著性子聽完，他也已經面露不悅之色。只是這老太婆一打開話匣子便口若懸河，根本無視於對方的臉色。

「因此我來規勸安房守，阻止這件事，就是爲了全天下，你最好別受武藏的巧言所騙。」

老太婆說個沒完。

新藏已經聽得很不耐煩，想大聲罵她囉嗦，可是又怕如此一來，老太婆反而更難纏。

「我瞭解了。」

新藏按捺不悅的心情，想盡快將阿婆打發走。

「我已經瞭解妳的意思，我會轉告父親的。」

「請你務必轉述清楚。」

老太婆再三叮嚀，眼見目的達成，穿上草鞋，走到門外。

這時不知何處傳來人聲。

「臭婆婆！」

老太婆停下腳步。

「什麼？」

她左顧右盼，四處搜尋。這時躲在樹幹後面的伊織，學著馬露出牙齒。

「給妳嘗嘗這個。」

說完向阿婆丟了一塊硬硬的東西。

「啊！好痛。」

老太婆抱住胸口，往地上一瞧，地上掉了好幾顆石榴，其中一顆已經破碎裂開。

老太婆撿起一顆石榴要丟回去，伊織邊跑邊罵，躲到馬廄的角落裏。老太婆追過去，正在東張西望時，這回又有個軟趴趴的東西丟在她臉上。

「你這小鬼！」

那是馬糞。老太婆趕緊吐了幾口口水。用手剝下黏在臉上的東西之後，難過得掉下淚來。自己之所以會遭逢如此悲慘的命運，一再流落異鄉，都是爲了兒子的緣故。老太婆這麼一想，哭得更厲害，年老的身軀顫抖不止。

「……」

伊織跑得遠遠地，躲著身子只露出臉來。看到老太婆哭得傷心，他也突然感到一陣悲傷，好像犯了大罪似的。

他很想走到老太婆面前道歉，可是想到老太婆中傷師父武藏，又憤怒填胸。不過看見老太婆哭泣，伊織也挺難過的。他現在心情非常複雜，咬著手指頭不知該如何是好。

這時，新藏在高崖上的房間叫他，伊織好像得救般，連忙爬上高崖。

「喂！富士山的夕陽好美啊！趕快來看！」

「啊！富士山。」

伊織似乎已經忘卻所有的煩惱。新藏亦渾然忘我。剛才他在聽阿婆講話時，便已決定不將此事告訴父親。

夢土

1

秀忠將軍年約三十出頭。他的父親在大將軍時代已闖下七分霸業，現在他把所有的事情都移交給三十多歲的秀忠處理，自己在駿府城養老。

父親的豐功偉跡莫過於他這一生爭戰無數。無論學問、修養，家庭生活甚至婚姻，無一不是在戰爭中度過。現在有場無形的戰爭，正在江戶和大坂之間蘊釀著。這場戰爭足以扭轉乾坤，改變世局。因此，一般人都期望這場戰爭能夠了結長期以來的紛亂局面，把日本帶向眞正的和平。

應仁之亂以後，國內長期處於戰亂之中，世人極爲渴望和平。撇開武家不談，一般的販夫走卒對豐臣和德川均不排斥，只要能建立祥和的社會就行了。

家康把職位讓給秀忠時，曾經問他：

「你打算做什麼？」

秀忠立刻回答：

「我要建設。」

家康聽了極爲放心。這件事後來也傳遍開來。

秀忠的信念表現在現在的江戶。加上取得大將軍的認同，大刀闊斧地進行江戶大規模的建設。與他持相反意見並支持太閤（譯註：指攝政大臣豐臣秀吉）遺孤秀賴的大坂城則在準備下一場戰爭的來臨。一些高級將領秘密謀商並差遣密使奔走各地，盡量籠絡浪人和游將，儲存子彈和槍械，挖壕溝備戰，絲毫不怠惰。

（可能又要發生大戰了。）

住在大坂城四周五個縣內的居民都感到人心惶惶。

（從此以後，可以安心過日子了。）

這是江戶城一帶市民的想法。

人民從令人不安的京城陸續移往建設中的江戶。

這是必然的現象。

而且大部分的人已經放棄以豐臣爲中心，轉而仰慕德川的統治。

事實上，老百姓極爲厭倦戰亂。與其豐臣獲勝而戰事連連，倒不如期望德川家能來收拾這個局勢。

因此，各藩所離職的大將軍和大臣們，極力安排自己的子孫住進關東。漸漸地以江戶城爲中心的建設和河川土木的修築等不斷蓬勃發展，一再顯示出新時代的魅力。

今天秀忠也微服從舊城本館到新城巡視工地，耳中聽著工地傳來吵雜的噪音，使他暫時忘了時光的流轉。

陪侍在他身邊的有土井、本多、酒井等大臣，另外還有數名武士隨從，也有僧侶。秀忠在高處擺設桌椅，正在休息。

這時，從紅葉山下傳來木工們的聲音。

「混蛋！」

「混蛋！」

「混蛋！等一下！」

接著傳來急促的腳步聲。有七、八個木工正在追一名挖井工人。

2

挖井工人像一隻脫兎般四處奔竄。他躲到堆木柴的木工房裏，又跑了出來，爬到土牆上想要翻牆逃走。

「壞蛋。」

從後面追上來的兩三名土木工人，抓住挖井工人的腳，使他掉到木屑堆中。

「你這個傢伙。」

「眞是壞心眼。」

「狠狠揍他一頓。」

工人們對他拳打腳踢，並抓住他的衣領，將他壓倒在地。那工人整個趴倒在地上。

「……」

挖井工人不叫痛。土地變成他唯一的靠山，整個人索性趴在地上，任由他人踢打，他還是拚命地緊趴著不動。

「發生什麼事？」

領班的武士立刻走過來，監工也來了。

「安靜。」

他推開衆人，有一名木工高聲向監工報告：

「他踩我的曲尺。曲尺是我們的靈魂，就如同武士的佩刀一樣，這個傢伙竟然踩我們的曲尺。」

「說話小聲點。」

「這種事我們怎能不吭聲呢？要是有人用腳踩踏武士的刀，你做何感想？」

「我瞭解了。將軍剛才巡視過工地，正在山丘上休息。你們這樣吵吵鬧鬧，會干擾到他的。」

「……是。」

吵雜的聲音終於安靜下來。

「把這傢伙帶到那邊，叫他洗淨雙手，親自捧著曲尺來向我們道歉。」

「這事由我來處理，你們快回到工作崗位。」

「他剛才踩我的曲尺，我叫他小心點，他竟然不道歉，還頂嘴。如果就此和解，我們沒辦法繼續做事。」

「知道了，知道了，我一定會處罰他的。」

監工抓住趴在地上的挖井工人的衣領。

「抬起頭來。」

「……是。」

「喂！你不是挖井的人嗎？」

「是的。」

「紅葉山下的工地主要是蓋書院和塗牆壁，只有土木工、植木工、水泥工才在這裏工作，不可能出現挖井工人啊！」

「就是啊！」

木工們一旁加油添醋。

「這個挖井工人昨天也跑到這邊來四處徘徊。結果居然踐踏我的曲尺，我一氣之下給他一拳，他竟敢頂嘴，同伴們才會叫我揍他一頓。」

「這種事別再提了。喂，你爲何沒事跑到西城的工地去，做什麼？」

工地監督盯著挖井工人蒼白的臉。這名男子就是又八，他眉目清秀，不像是個挖井工人。尤其他身子瘦弱，更令監工起了疑心。

3

秀忠將軍身旁有很多武士和大臣，甚至還有僧侶和茶道的客人，周圍當然是戒備森嚴。另外以這高地為中心，更有層層戒備的警衛。

這些警衛即使工地中的小事故也不會放過，因此這時有一名警衛連忙跑到又八趴在地上的現場來察看，到底出什麼狀況。

警衛聽完監工的報告之後：

「這樣會打擾到將軍，你們到偏僻的地方去吧！」

監工和領班商量之後，各自回到工作崗位。

「還要好好調查一下這個挖井工人的背景。」

他們決定將又八交給監工處置。

在工地裏有很多監工的小辦公室，監督現場的官吏在此休息或交接值班。門口有一隻大水壺，沒事的官吏會來此喝水，有的則來此換草鞋。

又八被關在小屋裏的倉庫，除了柴薪之外，還堆著各種醃漬用的陶罐，還有木炭堆得到處都是。在這裏進出的是廚房的僕人，大家都叫他小屋僕。

「這名挖井工人有些可疑，在還沒調查清楚之前先將他關在這裏，請你多留意。」

小屋僕受命監視又八，不過並未嚴重到必須用繩子綁住。因爲他是個犯人，很快就會被帶走。何況這工地又在江戶城巨大的壕溝和城門裏面，根本不需要綑綁犯人。

監工在這期間和挖井老闆以及挖井的監督詳談，想要查出又八的身分以及平常的行爲。他只是認爲以又八的長相不像是個挖井工人，並非他做了什麼壞事。因此，又八雖然被關在小屋裏，但過了好幾天，仍未受到調查。

又八卻以爲自己已經一步一步走向死亡之路而感到非常恐懼。

他認定：

一定是那件事露出了破綻。

那件事不用說，當然就是奈良井大藏唆使他趁機暗殺新將軍的事。

又八受大藏脅迫，並由掘井老闆運平的介紹進了城裏。既然如此應該早就有所覺悟，全部都豁出去了。可是，又八好幾次看到秀忠將軍來巡視工地，卻沒有機會挖出埋在槐樹下的槍砲去下手。

當又八被大藏威脅的時候，如果不同意，可能會被大藏殺掉。當時又八也貪圖錢財，所以才會發誓：

「要幹！」

但是進入江戶城之後，他才發現其實自己即使一生都當掘井工人，也沒有狙擊將軍家的勇氣。因此他幾乎忘記了與大藏的約定，整天混在人羣當中，努力工作著。

可是，事情起了變化，讓他無法如願。

4

這個變化就是在西門後面的大槐樹，因爲要蓋紅葉山文庫的書庫，將要移植到它處。

掘井工人的工地離這裏有一段距離。又八知道奈良井大藏的手下在原來的槐樹下埋了槍砲。因此，他密切注意這個地點。

他利用中午吃飯時間和早晚的空檔到西門後院來察看，發現槐樹還未被移走才放心。

然後他一個人苦心積慮地想要趁別人不注意時，把埋在樹下的槍砲挖出來，丟到它處。

因此，當他不小心踩到木工的曲尺，被憤怒的木工到處追趕，甚至打得趴在地上，他也不敢叫痛。因爲事情若被揭穿才是他最擔憂的。

這種恐懼一直沒消失，即使被關在昏暗的小屋裏，也不斷地持續著。

也許槐樹已經移走了。要是工人挖掘根部土壤，就會發現埋藏在地下的槍砲。當然就會開始調查

——

下回被拖出去的時候，一定是我的死期。

又八每晚都做惡夢，經常嚇出一身冷汗。他甚至夢見自己走在黃泉路上。黃泉路上到處都是槐樹。

有一天晚上，他又夢見自己的母親。在夢中，老太婆並未對他的遭遇表示同情。而是拿了一個養蠶的籃子打又八。籃子裏白色的蠶繭撒在又八頭上，又八連忙逃走，老太婆在後面追趕。她滿頭的白

髮，彷彿白色鬣鬣的化身，全部豎立起來，不斷地在後面追趕。在夢裏，又八嚇得全身直冒冷汗，從懸崖往下跳——但是身體卻未著地，一直飄浮在黑暗的半空中。

——對不起！

——母親！

又八像小孩一樣地哭叫，這聲音驚醒他自己。然而淸醒之後，他所感受到的眞實恐懼比夢中更爲可怖。

（對了……）

又八很想逃脫這種恐懼，因此想到一個冒險的辦法。那就是出去察看槐樹是不是被移走了。江戶城主要戒備森嚴的地方，並不在這間小屋。又八雖然逃不出江戶城，但是，從這小屋到槐樹下應該沒多大困難才對。

小屋當然也上了鎖，但無人監視。他踩在醃漬物的大桶子上，打破氣窗，爬到外面。

又八爬過一堆堆的木柴和石頭，以及剛翻過的土堆，來到了西門的後院，看到那棵大槐樹還立在原地。

「啊！」

又八這才鬆了一口氣。只要這棵樹還沒被移動，自己便能保全性命。

「趁現在……」

他不知從哪裏找來一把圓鍬，開始挖槐樹下的泥土，彷彿要從那裏揀回自己的命一般。

「……」

每一次，挖土的聲音都使他心驚肉跳，不斷用銳利的眼神察看四周的動靜。

還好，巡邏的人並沒有過來。他更大膽地挖了起來。現在已經挖了一個洞，旁邊堆滿了新挖出來的土。

5

又八就像一隻趴土的狗，拚命地挖，但是再怎麼挖，土中都只有石頭。

是不是有人先挖走了？

又八開始擔心。

雖然徒勞無功，但是，這一來又八更不敢鬆手。

他的臉和手上都被汗水沾溼了，再加上噴上來的泥土，搞得他全身都是泥水，熱呼呼地喘著氣。

咔——

咔——

呼吸配合著圓鍬的速度越來越快，越來越急促，即使幾乎要昏頭了，又八也未曾停下手來。

終於圓鍬碰到了什麼東西，發出鏗的一聲。洞裏有一個細長型的東西。他趕緊拋下圓鍬。

「挖到了。」

他把手伸到洞裏去摸。

可是，如果是槍枝的話，一定會用油紙包紮保護以免生銹，或者放在箱子裏，然而又八手上摸著洞裏的東西，覺得有點奇怪。

不過他仍抱著幾分的期待，就像拔蘿蔔一樣的拉出來一看，原來是一隻人的手骨。

「……」

又八已無力氣再拾起圓鍬，他懷疑自己是不是在作夢？

他仰望槐樹，才發現燦爛的星空和夜霧。這不是夢。他甚至清醒得連槐樹的枝葉都可以數得清楚——奈良井的大藏確實說過會把槍枝埋在這裏，並要又八用槍枝去暗殺秀忠。大藏不可能騙人，因爲說謊對他一點都沒有好處。

可是，別講槍枝了，爲何連個鐵片都沒挖著呢？

「……」

沒挖到槍枝，又八的不安仍無法釋懷。他在挖過的槐樹下走來走去，用腳踢土，試著尋找。

這時他感覺有人走到他背後。那人好像不是剛剛才來，而是有意躲在一旁偷看他。現在，那個人突然拍了又八的背。

「怎麼可能挖得到？」

他在又八的耳邊嘲笑。

雖然，剛才那個人只是輕輕地拍又八的背，卻使又八整個背脊發麻，四肢僵冷，很想跳到剛才自己挖的洞裏。

「……？」

又八回頭，眼神空洞地望著對方——

過了好一會兒，又八宛如大夢初醒一般清醒過來，卻因為吃驚而大叫了一聲。

「過來。」

澤庵抓住他的手。

「……」

又八身體僵硬，無法移動。他想掙脫澤庵的手，雖然連腳跟也顫抖不止，仍抵死不肯前進。

「你不過來嗎？」

「……」

「我叫你過來啊！」

澤庵用責備的眼神瞪著又八，又八結結巴巴地說：

「我，我要把那裏整、整理一下。」

他的舌頭打結，並用腳把挖出來的土拚命踢回洞裏，想要湮滅方才自己的行為。

澤庵一副憐憫的表情。

「算了，無濟於事的。人在地上所做的各種行為，無論善事或惡事，就像墨汁滴在白紙上，再怎麼抹也抹不掉。你以為用土就能掩埋剛才做過的事情？那你就想得太天真了。過來，你差點犯了大罪，是個大罪人。澤庵我要將你碎屍萬斷，丟到地獄的水池裏。」

又八還是不肯動，澤庵只好抓著他的耳朵，硬是將他拉走了。

6

澤庵知道又八被關的地方。他揪著又八的耳朵，來到僕人的寢室。

「你們起床啊！趕快起來啊！」

他敲著門。

僕人趕緊起來，打開門看到澤庵有點訝異，後來才想起這個人經常在秀忠將軍身邊，家臣以及閣老們和這名和尚往來密切，因此，僕人們才放下心來。

「有什麼事？」

「還問我有什麼事？」

「咦？……」

「你們快去把小屋的門打開。」

「那個小屋現在關了一個可疑的挖井工人，不能隨便開啓，請問你想拿什麼東西？」

「你們都睡糊塗了。關在裏面的人剛才打破門窗逃出來了。是我把他抓回來的，現在又不能把他像蟋蟀一樣從窗戶塞回去，所以才會來叫你們開門的。」

「啊！那傢伙跑出來了。」

僕人們大吃一驚，趕緊把夜間的守衛叫起來。

守衛是名武士，他慌慌張張地跑過來。因爲自己的怠慢而拚命向澤庵賠不是。並且拜託澤庵別將此事告訴閣老們。

澤庵只是點頭，把又八推到小屋裏。然後自己也走進去，並從裏面將門反鎖，守衛和小僕人們面面相覷。

到底怎麼回事？

他們不敢離去，只好站在門外守候。

接著，澤庵從窗戶露出臉來。

「你們有剃刀吧！快點去把它磨利一點，拿來借我。」

僕人納悶不解，但也不敢多問，總之，他們拿來了剃刀。

「好了，好了。」

澤庵接過剃刀，告訴僕人們已經沒事了，可以回去睡覺。警衛和僕人也不敢違背澤庵的意思，便各自回房睡覺了。

小屋裏一片漆黑，但是星光從又八打破的窗戶照射進來。澤庵坐在柴火堆上，而又八則垂著頭坐在蓆子上，一直沒有講話。他雖然害怕，卻不知道剃刀是在澤庵手上還是放在哪裏。

「又八。」

「你剛才在槐樹下挖洞，挖出什麼了？」

「……」

「……」

「要是我，可能會挖出些東西來，卻不是槍砲。就像無中生有，也就是從空洞如夢幻的土裏挖出世間的眞相。」

「……是。」

「你還是，你連這種眞相都搞不清楚。你一定還以爲在作夢。你就像嬰兒一樣單純。我只好對你耳提面命，才能把你點醒……喂！你今年幾歲了？」

「二十八歲。」

「跟武藏同年。」

又八聽到這句話，雙手掩面開始抽抽噎噎地哭了起來。

7

澤庵任由又八哭泣，在一旁默默無語。等又八嗚咽的聲音慢慢平靜下來之後，才又開口說話。

「你不覺得恐怖嗎？那棵槐樹幾乎要當你的墓碑了。你自己在爲自己挖墳哪！而且頭已經栽進去了。」

「救、救救我，澤庵大師。」

又八突然抱住澤庵的腳，大聲哭喊著。

「我，我終於覺醒了，我被奈良井的大藏騙了。」

「不，你還未眞正地覺醒，不是奈良井的大藏騙了你，而是欲望、懦弱、小氣，使你變得如此。雖然你有這些缺點，但卻如此大膽敢做一般人不敢做的事。所以大藏發現你是天下第一大白痴，他只是巧妙地利用這點罷了。」

「我，我知道了，是我自己太愚笨了。」

「到底你認爲奈良井的大藏是個怎麼樣的人，才會答應他的？」

「我不知道，到現在還是個謎。」

「他也是關原戰敗者之一，石田治部的刎頸至交大谷刑部的家臣，叫做溝口信濃。」

「眞的？這麼說來他是想要復仇的殘黨？」

「雖然你的暗殺工作沒有成功，但是我無法瞭解你的頭腦，我很驚訝！」

「不，他告訴我，他只是對德川家有些怨恨。他還說，德川家掌權不好，還是豐臣的時代才是衆望所歸。他還說這並非個人的恩怨，而是爲了社會大衆……」

「爲何你不先摸清他的底細，再好好考慮呢？你只是盲然地聽從，盲然地接受，然後湧出挖自己墳墓的勇氣，你的勇氣實在太可怕了。」

「啊！我該怎麼辦？」

「什麼怎麼辦？」

「澤庵大師！」

「放手——無論你如何拜託，已經來不及了。」

「可、可是，我並沒有拿槍暗殺將軍啊！請救救我，我一定改邪歸正，一定，一定……」

「要來埋槍枝的人，因爲中途發生意外，來不及埋。如果大藏那可怕的計畫進行順利，而且城太郎安然從秩父抵達江戶的話，可能那一夜就已經把槍枝埋在槐樹下了。」

「咦？城太郎？難道……」

「哎呀！別管這些事了。你所犯的大逆不道，當然不容於法，神明也不會原諒你，你別想求救。」

「這麼說來，我已經沒救了。」

「當然。」

「請你發發慈悲啊！」

又八緊抓著澤庵的腳，不斷哀求，澤庵用腳踢開他。

「笨蛋！」

澤庵大聲斥責又八，幾乎要把屋頂掀開。

這位佛陀一點也不心軟，即使又八跪地求饒，也不伸出援手，多麼令人畏懼的佛陀啊！

又八帶著怨恨的眼神直盯著澤庵，最後垂下頭來。他害怕死，悲慘地哭了起來。

澤庵從木柴上拿起剃刀，放在又八的頭上。

「又八……反正是要一死，至少將你的外表換成佛家的弟子再死。念在你我相識一場，我會爲你引導。你閉起眼睛靜靜地盤坐在地。生和死只在一念之間，不必如此害怕死亡而哭泣。善男子，善男子，別怨嘆！我會幫助你安祥地死去。」

花謝花開

1

閣老房間也是一間密室。在這裏進行政務討論，爲了避免洩漏出去，房間周圍有好幾個空房間。

前幾天，澤庵和北條安房守也常常參與會議，終日不知在討論何事。有很多事必須經過秀忠批准，因此，開會的人經常前去見秀忠，也有很多文書呈遞給他。

「派去木曾的使者已經回來了。」

那一天有人進來稟報此事，閣老們說道：

「我們好好來問他。」

閣老們似乎等待已久。使者立刻被帶到另外一個房間。

使者是信州松本藩的家臣。幾天前閣老們發出緊急命令，要他到木曾奈良井的百草屋逮捕大藏。使者雖然快馬加鞭趕去，卻發現奈良井的大藏全家已經收起老舖搬到上方，無人知道他的下落。

後來派人搜索大藏的家，發現不少武器彈藥，以及和大坂方面聯絡的書信，便全部帶回城裏，留當以後的證據——以上便是這名使者的報告。

「晚了一步。」

閣老們非常失望。就像撒了網卻落空的心情一樣。

翌日。

閣老酒井侯的部下從川野回來報告：

「我按照您的吩咐前去傳達口訊。當日，宮本武藏立刻獲釋。當時正好碰上前去迎接的夢想權之助，我便跟他說明原委，然後把武藏交給他了。」

酒井忠勝隨即將此事轉告澤庵。

澤庵深深致謝。

「謝謝您。」

由於這是發生在自己領地內的錯誤，忠勝覺得過意不去。

「希望武藏不介意此事。」

他反而向澤庵表達道歉之意。

澤庵在江戶城逗留期間，把心中掛念的每件事情都處理好了。最後，縣府也派人到附近海邊的當舖——也就是大藏曾經住過的奈良井店，沒收了所有的家產和秘密文件。毫不知情的朱實也受到了保護。

一天晚上，澤庵到秀忠的房間說明事情的始末。

「事情就是如此。」

然後又說：

「天下還有其他無數的奈良井大藏，請您務必保持警覺。」

秀忠認同地點點頭。澤庵認爲秀忠頗通情達理，便又加上一句：

「如果您對這些無數的反對者一一追根究柢審判的話，那麼您這位繼承大將軍遺業的第二代將軍恐怕無暇完成偉大的事業了。」

秀忠是個寬宏大量的人。澤庵的每一句話他都非常重視，聽完經常會自我反省。

「我會從輕量刑。這次我會按照大師您的諫言，由大師全權處置。」

2

澤庵聽了，又深深一謝。

「我這個野僧，居然也在府內逗留一個多月了。近日我想取道錫鎮到大和的柳生庄去探視病中的石舟齋，再從泉南回大德寺。」

澤庵在此先道別。

秀忠一聽到石舟齋，似乎回憶起從前時光。

「柳生的爺爺情況如何？」

「但馬守也說這回怕是要永別了。」

「這麼說來是很難痊癒了。」

秀忠年幼的時候，曾經在相國寺的陣營中，坐在父親家康的身邊接見家臣。當時他曾見過石舟齋宗嚴，現在他回想起自己幼年的時光。

「還有一件事情……」

澤庵打破沈默：

「以前我也跟閣老們商量過，並徵得大家的同意。就是安房守和拙僧向您推薦的宮本武藏擔任藩裏的兵法教練，這件事要拜託您多關照了。」

「嗯。我已經知道這件事了。既然他蒙細川家的推崇，一定非常傑出。除了柳生與小野之外，再成立一派也很好。」

這一來，澤庵所有的事都已經辦妥。不久他向秀忠告辭。秀忠這次賜給澤庵不少賞賜。澤庵悉數留給城邊的禪寺，和平常一樣拄著一根枴杖，戴著一頂斗笠，兩袖清風地離開了。

偏偏世上總會有些流言。有人說澤庵插手管政治，是因爲他有參政的野心。有人說他受德川家的籠絡，充當黑衣使者秘密提供大坂方面的情報。流言滿天飛。然而澤庵自己心中所想的，只是一般庶民的幸與不幸，至於江戶城和大坂城的盛衰，對他而言就像是眼前花開花落尋常地變化罷了。

澤庵拜別將軍府，離開江戶城的時候，還帶了一名男弟子。

當時他獲得秀忠的授權，離開之前，先到工地的倉庫小屋。並叫人打開門。

屋裏一片黑暗，有個頭髮剃得精光的年輕和尚，低著頭孤伶地坐在屋內。他身上穿的袈裟是澤庵離開的前一天差人送過來的。

「啊！」

年輕和尚看到門口射進刺眼的光線，瞇著眼抬起頭。他就是本位田又八。

「過來。」

澤庵從外面向他招手。

「……」

年輕和尚站了起來。腳下卻一陣踉蹌，澤庵趕緊撐住他的身子。

「……」

接受刑罰的日子終於到了。又八已經覺悟。他緊閉雙眼，身體不住地顫抖。他幾乎可以想見斷頭台銳利的刀刃。淚珠爬滿他削瘦的臉頰。

「走得動嗎？」

「……」

又八很想說話，卻擠不出聲音來。他的身體靠澤庵支撐著，只能無力地點著頭。

3

走出中門之後，又過了好幾道門，最後出了平河門。又八和尙恍恍惚惚地走過數道門和壕溝上的橋。

他悄然地跟在澤庵身後，就像一隻待宰的羔羊。

——南無阿彌陀佛

——南無阿彌陀佛

——南無阿彌陀佛

又八和尙覺得自己一步一步地走向死亡刑場，口中不覺念念有辭。

因爲念誦經文能使他減輕對死亡的恐懼。

最後他們走到最外面的壕溝。

從這裏可望見山手區的街道。也可看到日比谷村附近的田地和河上穿梭的船隻，以及街上川流不息的人潮。

啊！這個世界。

又八望著眼前的世界，他眞希望能再度重返塵世，淚水不禁又嗒然落下。

——南無阿彌陀佛

——南無阿彌陀佛

他閉上眼睛。念經的聲音越來越大，到後來幾乎渾然忘我。

澤庵回過頭。

「喂！快點走。」

澤庵沿著壕溝往城門的方向走去。最後走過一片草原。對又八來說，這段路猶如千里般遙遠。他覺得這條路是通往地獄之路，即使是大白天，他的心都非常黯淡。

「你在這裏等一下。」

又八聽澤庵的話，站在草原中等待。

草原旁有一條小河，從常盤橋的城門流至此，水中摻雜著泥土的顏色。

「是的。」

「你逃走也沒用的。」

「……」

又八瀕死的臉上，眉頭深蹙，淒然地點了點頭。

澤庵離開草原，走向馬路。馬路旁有一座土牆，才剛漆成白色。沿著土牆有高高的柵欄，柵欄內的房子不同於一般的住家，是黑色的建築物。

「啊！這裏是？」

又八神色大變，因爲這裏是江戶新蓋的監獄。

澤庵走進大門。

「……」

又八顫抖不止的雙腳突然一癱，跌坐在地上。

不知從何處傳來鶉鳥的啼聲。呼嚕呼嚕的鳥啼彷彿陰間裏的鬼哭神號。

「……趁現在……」

他想逃，因爲沒上手銬腳鐐，一定逃得了的。

不，不，已經不行了。即使像鳥藏在草原中，以將軍家的兵力一定很快就可以找到他。再加上現在剃了頭，又穿上袈裟，根本動彈不得。

母親——

他在心中吶喊，現在他最懷念母親的懷抱。如果當初沒有離開母親身邊，也不會落到這般地步。

阿甲、朱實、阿通，這幾個女人都曾出現在他的青春歲月裏。現在面對死亡之際，雖然也想起這些人，然而他心中呼喚的只有一個人。

「母親啊！母親！……」

4

如果能重新再來，他絕對不會再違逆老母，一定要好好地孝順她。

又八和尚暗自發誓，此刻卻徒增後悔罷了。

即將被砍頭——

他的領襟透著寒氣，又八和尚抬頭仰望白雲。陽光裏透著霧氣。有兩、三隻飛燕展翅翱翔，有的在附近沙洲上落腳。

（眞羨慕飛燕。）

又八體內想逃走的衝動愈來愈大。對，即使被捕，也不過如此。他銳利的眼光盯著馬路對面的大門，澤庵還沒出來。

「就是現在。」

他站起身來。

正要逃走。

這時，不知何處傳來怒罵聲。

「喂！」

這一來又八和尙又失去求生的念頭。一名男子拿著棒子站在他身後。原來是縣府的刑吏，他一跑過來，便用棒子壓住又八和尙的肩膀。

「你想逃到哪裏去？」

棒子就像壓住青蛙一樣，壓著又八的背。

接著，澤庵走過來，除了澤庵之外還有縣府的刑吏。從長官到部下，全都出來了。

這羣人來到又八身邊的時候，又有四、五名獄卒拉著另一名被繩子五花大綁的犯人出來。

帶頭的刑吏選定刑場之後，在地上鋪了兩張蓆子。

「那麼，請你做見證人。」

他向澤庵請求。

執行的人全部圍在草蓆周圍，刑吏和澤庵則坐在桌邊。

用棒子押住又八和尚的刑吏大聲斥喝：

「站起來！」

他用棒子頂起又八的身體。但是又八連走路的力氣都沒了。刑吏揪住他袈裟的衣領，硬是將他拖到草蓆上。

又八和尚跪在全新的草蓆上，膽怯地垂著頭。現在他已聽不見鳥啼聲，周圍吵雜的人聲彷彿隔著牆壁從遠方傳來。

「又八？」

旁邊有人驚叫一聲，又八張大眼睛往旁邊一看。原來還有一名女囚犯與自己並肩跪在蓆子上。

「啊……這不是朱實嗎？」

話還沒說完。

「不可以交談。」

兩名刑吏站到他們中間，用長棒子將這對男女隔開。

坐在澤庵身邊的一名長官，站起來用嚴肅的語氣宣判二人的罪狀。

朱實並未哭泣，可是又八卻不管在場衆人，涕泗縱橫。因此他並未聽清楚堂上宣布的罪狀。

「打！」

為首的官吏一坐下便發出嚴厲的聲音。這一來，剛才蹲在後面拿著竹棍的兩名刑吏立刻跳上來。

「一、二……三……」

他們邊數邊打著又八和朱實的背。又八慘叫連連。朱實則趴在地上，雖然臉色慘白，但仍咬緊牙根忍著痛。

「七、八、九……」

竹棍的尖端已經冒煙，最後裂開了。

5

一些路人也停下腳步從遠處觀望。

「那是做什麼啊？」

「在處刑。」

「喔！打一百大板嗎？」

「一定很痛吧！」

「那當然。」

「一百大板才打一半呢！」

「你在替他們計數嗎？」

「啊！看他們連叫都叫不出聲了。」

刑吏拿著棒子走過來，用棒子敲敲草地。

「不可以在此觀看。」

路人慌忙離開，走的時候還不斷回頭觀望。一百大板似乎已經打完了。處刑的小刑吏丟掉碎裂的竹棍並用手肘擦拭汗水。

「辛苦了！」

「勞駕你了！」

澤庵和長官互相致意之後，便分手離去。

小刑吏們陸陸續續回到縣府門內。澤庵則在兩名匍匐地上的男女中間站了好一會兒，最後一句話也沒說離開了現場。

「……」

「……」

陽光從雲端露出臉來，灑在草地上。

人們離去後，又聽到鳥鳴聲。

「……」

「……」

朱實和又八和尚一直沒有動彈。他們並未完全昏迷，只是全身像燃燒般疼痛，而且羞愧得抬不起頭來。

「啊！水……」

朱實先叫了出來。

在他們的草蓆前，有一個小水桶和竹杓子。這個水桶是鞭打他們的小刑吏心存一絲仁慈，爲他們準備的。

咕嚕……

朱實自己先灌了不少水，然後才拿給又八：

「……你要喝嗎？」

又八和尙伸手接過水桶，咕嚕咕嚕地喝著水。現在這裏刑吏不在，澤庵也不在，又八還沒完全恢復清醒。

「又八……你當了和尙嗎？」

「……這樣就好了嗎？」

「什麼事？」

「處刑已經結束了嗎？我們尙未被砍頭呢！」

「才不會被砍頭呢！你沒聽到剛才坐在椅子上的官吏怎麼交代執行的小官吏？」

「他說什麼？」

「他要把我們逐出江戶，可免於一死。」

「啊……那我這條命……」

聲音中難掩驚喜。一定是非常地高興。又八和尙立刻站起來，走開了。根本不看朱實一眼。

朱實用手撥了撥頭髮。理好衣襟，繫好腰帶。就在這時，又八的身影已經漸行漸遠，消失在草原的盡頭。

「……眞沒良心！」

朱實嘟著嘴巴自言自語。竹棍打的傷愈痛，她愈是堅強。因爲在她心靈深處，崎嶇坎坷的命運塑造出她堅強的個性。隨著年歲的增長，更使她變成一朶妖艷的花朶。

逃亡記

1

伊織寄住也好幾天了。

他開始感到無聊。

「澤庵大師到底怎麼了？」

他並非在等澤庵回來，而是擔心師父武藏的下落。

北條新藏瞭解他的心事。

「家父尚未回來。可能要待在城裏一陣子。但是他一定會回來的。你還是到馬廄那邊去玩吧！」

「我可以借那匹馬嗎？」

「沒問題。」

伊織飛奔到馬廄。他選了一匹好馬。昨天和前天他也騎了這匹馬，卻是瞞著新藏騎的。不過今天得到允許，他感到格外開心。

他一跨上馬背，便像一陣疾風從後門飛馳出去。昨天和前天，他都走同一條路。房子——田間小道——丘陵——原野和森林等，這一片晚秋景色全拋在馬後。最後，發出銀色光芒的武藏野薄薄的海面，出現眼前。

伊織停下馬。

「師父在山的那一頭——」

他想起師父。

秩父的連峰綿延至原野盡頭。伊織一想起師父被關在監獄裏就滿臉的淚水。野風吹拂使得臉頰的淚水變得冰冷。身旁的紅烏瓜和紅色野草，表示現在是深秋時節。也許山上已經下霜了呢——伊織如此想著。

「對了，我去見他。」

伊織下定決心，快馬加鞭跑去。

馬跑在鳳尾花海上，一下子就跑了半里路。

「不，等一等，也許師父已經回草庵了。」

這一天伊織老是有這種感覺，便策馬回草庵。草庵的屋頂和牆壁，損壞之處已被村民修補好，卻無人居住。

「你們有沒有看到我師父？」

他問田裏農夫，附近的農夫一看到伊織都悲傷地搖頭。

「騎馬的話一天就可以到了吧？」

他決定要騎馬到秩父去見師父。伊織以爲只要去到那兒便一定能見到師父武藏。於是他策馬飛奔在原野上。

最後來到野火止的驛站，他記得曾被城太郎追趕到此處。然而村子的入口處擠滿了馬匹和行李，還有轎子。擋在路上的四、五十名武士正在吃午飯。

「啊！過不去。」

雖未禁止通行，不過要過去還得下來牽馬行走才能通過。伊織嫌麻煩，只好改變主意回去。武藏野原野的道路，從未如此不方便過。

正在吃午飯的武士追到伊織後面。

「喂！小鬼等一下。」

他們呼叫伊織。

三、四個人陸續跑來。伊織拉了拉馬繩。

「你說什麼？」

伊織非常生氣。

他雖然個子小，可是乘坐的馬匹和馬鞍可是大有來頭。

2

「下來。」

幾個人來到馬鞍兩側，抬頭望著伊織。

伊織不知發生何事，卻看這幾個人非常不順眼。

「什麼？不下來也行吧！反正我要回去了。」

「叫你下來就下來，少囉嗦！」

「不要。」

「不要？」

話才剛說完，幾個武士已經抬起他的腳。伊織本來腳就沒踩到馬蹬上，一下子就被拉下馬。

「有人找你，正在那裏等著。你乖乖地過去。」

他們揪住伊織的衣領，把他拖到驛站。拄著枴杖從另一端走過來的老太婆，舉起手向幾個武士打招呼。

「呵呵呵，抓到了嗎？」

老太婆高興地笑了。

「啊！」

伊織站在老太婆的前面。有一次他在北條的官邸內，曾用石榴丟擲這名老太婆。現在伊織仔細一瞧，老太婆的穿著跟那時候不一樣，而且換了另一套旅裝。這老太婆爲何混在這麼多武士當中？到底要去哪裏？

伊織根本無暇去思索這些事。他只是很害怕，不知老太婆要如何處置他。

「小鬼，你叫做伊織嗎？上回你可把我老太婆給整慘了。」

「……」

「哼！」

老太婆用木杖敲了伊織的肩膀。伊織提高警覺戒備，但是衆多的武士看來是老太婆的同黨，他心想自己根本敵不過，只好強忍著怒火。

「武藏的弟子，聽說都非常優秀，你也是其中之一嗎？呵呵呵！」

「妳、妳說什麼？……」

「太好了，前幾天我也對北條太守的兒子說了武藏的壞話。」

「我、我跟妳沒什麼好談的。放我回去，放我回去。」

「不、不，事情還沒講完呢！今天你到底奉誰的命令來跟蹤我們？」

「你們算什麼，誰要跟蹤你們？」

「你這小鬼講話眞不禮貌。你師父是這樣教你的嗎？」

「妳、妳眞愛管閒事。」

「待會兒你就會哭著向我求饒了，過來。」

「要到哪裏去？」

「哪裏都可以。」

「我要回去。」

「來人啊——」

說著，老太婆的枴杖揚起一陣風打在伊織的小腿上。

伊織不覺叫出口。

「好痛。」

一屁股跌坐在地上。

老太婆使了一個眼色，幾名武士抓住伊織的領子，把他帶到村子入口處的磨坊小屋旁。

在小屋旁有一名藩士。他穿著粗布褲子，身上佩戴漂亮的大小二刀。他把馬繫在一棵樹幹上，看來才剛吃過便當，正在樹下喝湯。

3

那名武士一看到伊織被抓過來，臉上露出微笑。可是他的笑卻是不懷好意。伊織嚇了一跳，睜大眼睛。因爲那個人正是佐佐木小次郎。

老太婆得意地對小次郎說：

「你看，又是伊織這小子。一定是武藏派他來跟蹤我們的。」

老太婆趾高氣昂地說著。

「嗯。」

小次郎點點頭表示同意。然後叫身邊的幾名武士退下。

「別讓他逃走。小次郎先生，你得把他綁好。」

小次郎淡淡一笑。他邪惡的笑容似乎在說：別說逃跑，你連站都站不起來。伊織只好放棄逃走的意圖。

「小鬼。」

小次郎用理所當然的語氣說道：

「剛才老太婆已經告訴我了，這是不是眞的？」

「不是。」

「爲什麼不是？」

「我只是騎馬在原野上奔馳。根本不是來跟蹤你們的。」

「是嗎？」

看來小次郎相信他的說法。

「武藏是個堂堂正正的武士，看來也不會如此卑鄙……不過，如果他知道我和老太婆與細川家的武士同行，可能會懷疑……也許他會感到納悶而派人來跟蹤，這也是有可能。」

小次郎主觀地判斷，根本不理會伊織的解釋。

伊織聽他這麼一說，才開始對他和老太婆起了疑心。這兩人最近似乎改變了許多。因爲小次郎的特徵是頭髮和服裝，現在卻有了很大的改變，簡直和以前判若兩人。他的瀏海已經剪掉，並且一改往日豪華的服飾，只穿著素色的蝙蝠背心和粗布褲子。

只有一樣東西沒有變，那就是他的愛刀「曬衣竿」。他已經找人將這把刀改成可以佩戴的腰刀了。

老太婆一副旅行的裝扮，小次郎亦是如此。他兩人與細川家的大臣岩間角兵衛的部下，大約十幾名藩士和家臣、挑夫，在這野火止驛站休息吃午飯。

在這羣人當中，小次郎也是藩士之一。看來他以前想求取功名的心願已經實現了。雖然薪餉未達到他理想中的一千石。至少也有四、五百石。岩間角兵衛應該覺得很有面子，因爲是他推薦小次郎到細川家當職的。

想到這些事又令人想起最近謠傳細川忠利即將回豐前的小倉。主要是因爲三齋公年老病衰。忠利的歸鄉陳情早已向幕府提出。幕府答應他的請求，也表示對細川家的信賴。

岩間角兵衛和新上任的小次郎一行人，就是忠利的先發部隊，正要回本國豐前的小倉途中。

4

同時，老太婆正好也有很多事情必須回鄉處理。她家裏唯一的香火又八，已經離家遠行，只剩老太婆獨撐大局。因此，這幾年來從未返家，親戚所依賴的河原的權叔，也在旅途中命喪九泉。這期間，故鄉的本位田家一定發生很多問題，待人處理。雖然老太婆並未忘記找武藏和阿通報仇，不過這次小次郎欲前往豐前小倉，因此她也一起同行。途中到大坂取回了權叔的骨灰，帶回家鄉，以了心頭一樁心願，並且祭拜祖先，也順便替權叔超渡，阿婆如此盤算著。

然而，阿婆雖爲處理繁瑣私事而不得不回故鄉，但對武藏的報仇心願並未因此而消失。

由於北條安房和澤庵的推薦，武藏極可能會和柳生與小野兩家一樣，成爲將軍家的兵法教練。這件事是小次郎從小野家聽來的。

阿杉婆聽到這件事時，非常不悅。因爲這樣一來，自己更難有機會報仇了。因此她決定將她的信念說出來，以阻止武藏任官職，不但是爲了將軍家，對世人也有好處。

她除了沒去見澤庵之外，曾先後到北條安房守的家裏和柳生家，極力毀謗武藏，除了去見推薦者之外，也向閣老們大力投訴武藏的諸多不是。

小次郎對阿杉婆的這些舉動，既不阻止，也不加以煽動。而老太婆只要賭下這口氣，不達目的是絕不會干休的。她甚至上書給縣府以及評定所，把一整年來武藏的罪狀全部寫下來。這種阻礙武藏前程的舉動，連小次郎都覺得她做得太過分了。

「我現在雖然到小倉去，但總有一天會和武藏碰面。這似乎是命中注定。您何不暫時別理他，等他任官職之後，我們再來看他會有何下場。」

小次郎勸老太婆和他一起去小倉，雖然老太婆心中仍牽掛著又八——又八總有一天會覺醒回來吧！

武藏野的秋天也快過去了。不如先離開這迷惘的世界，啓程到小倉。

然而——

伊織不瞭解這中間的變化，也想不透。

伊織現在既不能逃，而且爲了顧及師父的顏面也不能在他們面前掉淚。在恐懼當中只好不斷地忍耐，並盯著小次郎看。

小次郎也故意回瞪伊織，伊織並未因此而移開視線，就像自己在草庵與鼯鼠相瞪眼一般，他鼻腔呼出氣息，一直正視著小次郎的臉。

5

伊織只是個小孩，他擔心自己會遭遇不測，以致全身不斷顫抖。幸好小次郎並未如老太婆一般幼稚，更何況他現在的地位不同。

「阿婆。」

他突然叫道。

「什麼事？」

「您有沒有帶筆來？」

「筆是有的，但是墨已經乾了，你要做什麼呢？」

「我想寫信給武藏。」

「給武藏？」

「沒錯。我們到處張貼告示牌，還是不見他的蹤影，也不知他住在哪裏？現在剛好伊織在這裏，可以叫他送信。所以我準備在離開江戶之前，寫封信給武藏。」

「你要寫什麼？」

「我不需要華麗的修飾文辭。而且，我想他應該對我要去豐前之事有所耳聞了。我只需簡單扼要地告訴他，好好練劍，到豐前來找我。我這一生都會等待他的前來。希望他在信心十足之後再來找我。」

「像這種……」

老太婆搖搖手：

「這樣太拖泥帶水了。我回作州之後，立刻啓程。我預定在兩三年之內，一定要打倒武藏。」

「這件事交給我吧！我和武藏一決勝負的時候，順便替您了結心願吧！」

「可是，我年紀老了，也許來不及在有生之年找武藏報仇……」

「阿婆，您好好養身體，長命百歲。我一定會傾畢生學習的劍術對付武藏，您等著瞧吧！」

小次郎從老太婆那裏拿過筆，就著身邊的急湍磨墨。

他站著寫信，文筆流暢，辭意中才氣洋溢。

「用飯粒黏吧！」

老太婆從便當裏揀起一顆飯粒給小次郎封信。信封正面寫上收件人姓名，背後署名：細川家家臣佐佐木巖流。

「小鬼！」

「……」

「你別怕，這封信裏寫了重要的事，你將它交給你師父。」

「？」

伊織正在猶豫要不要接受。

「嗯。」

最後他從小次郎手中接過信。

他突然站起來。

「叔叔，這裏面寫什麼？」

「寫了我剛才跟老太婆講的事。」

「可以看嗎？」

「信封已經封口，不能看。」

「可是，如果信上寫了對師父無禮的話，我可不幫忙帶信。」

「這你放心。我只是告訴他，別忘記以前的約定，即使我下行到豐前，也沒忘記我與他再相見一事。」

「再見面是指叔叔和師父嗎？」

「是的，是一場生死決鬥。」

小次郎點點頭，臉色有點僵硬。

6

「我一定會交給師父的。」

伊織把信收入懷中：

「老太婆。」

他從阿婆和小次郎中間跑開約十幾公尺遠。

「笨蛋！」

他大聲地喊著。

「你、你說什麼？」

老太婆要去追他。

小次郎拉住老太婆，一臉苦笑：

「算了，別和小孩子計較……」

伊織似乎還想再多罵幾句，卻只是站在原地，眼眶含著懊惱的淚水說不出話來。

「小鬼，你只是要說笨蛋嗎？」

「是，只有這樣。」

「哈哈哈！眞好笑，快點走吧！」

「多謝你的照顧啊！你等著瞧好了，我一定會把信交給師父。」

「你會交給他嗎？」

「你可別後悔，別以爲你們厲害，我師父可不會輸給你們的。」

「你眞像武藏，是個不服輸的小徒弟。我看到你忍著眼淚爲師父說話，倒很同情你，武藏死後，你可以來找我，我會安排工作給你的。」

伊織受到小次郎的揶揄嘲笑而感到非常羞辱。他突然揀起腳邊的石頭，才剛舉起手要丟過去——

「小鬼。」

小次郎眼睛立刻瞪向伊織。兩道眼光彷彿利箭直射過來。比起那一天晚上鼯鼠的眼神更爲可怕。

「……」

伊織嚇得不敢丟石頭，只好掉頭逃跑。但是不管怎麼逃，總逃不出那種恐懼感。

「……」

最後伊織氣喘吁吁地坐在武藏野的草原上。

大約休息了兩刻鐘。

他坐在地上重新思考師父和小次郎的關係。想到師父有這麼多的敵人，不禁感觸良多。

我也要成爲大人物。

爲了保護師父，永遠侍奉師父，伊織決定自己將來一定要成爲大人物，才有力量保護師父。

「像我這樣能成爲大人物嗎？」

他很正經地思考這件事，又想起剛才小次郎的眼光，令他全身毛骨悚然。

也許連自己的師父也敵不過那個人。他甚至開始感到不安，認爲自己的師父也必須勤加鍛鍊。

「……」

他坐在草原中，不知不覺野火止的房屋以及秩父的連峰都已籠罩在一層白色的細霧中。

對了，雖然新藏先生會擔心，但我還是趕到秩父去吧！把這信交給身陷牢獄中的師父，只要在天黑之前，越過正丸嶺就行。

伊織站起來，環顧原野，這才想起被自己遺忘的那匹馬。

「我的馬到哪裏去了？」

7

那匹馬是北條家的名駒。馬身上的螺鈿鞍是件名貴物品，要是被盜賊看到了，一定不會放過的。伊織到處尋找，並吹口哨呼叫馬匹。

似水似霧的白煙盤踞在草叢中。伊織似乎聽到馬蹄聲，趕緊跑過去，結果並未看到馬匹，也不是流水聲。

「咦？那是什麼？」

遠方有黑色的影子在移動，伊織跑過去，原來是一隻出來覓食的野豬。野豬看到伊織，像一陣旋風似地逃到草叢中。伊織回頭看野豬跑過的地方，形成一道白色的夜霧，猶如魔術師用手杖變成的一條白線。

「……？」

伊織望著那道白霧，耳中傳來了水聲，最後看到水面上浮映出月亮的倒影。

「……」

伊織開始覺得恐怖。從小，他便聽過各種野地裏的神秘軼聞。相信一草一木都有精靈的存在。連一片枯葉、水聲、風聲，在伊織眼裏，都是有生命的。他認爲天地萬物皆有情，他年幼的心靈也和秋蟲、草木，同感蕭瑟秋意，寂靜的夜晚使他毛骨悚然，顫慄不已。

他突然放聲哭了起來。

他哭並非因爲找不到馬，亦非雙親俱亡而傷心落淚。只見他彎著胳臂，以手揉眼睛，邊走邊哭。

在此情況下，少年的眼淚恣意地宣洩。

如果有星星和野地的精靈問他說：

——你爲何哭泣？

他一定會回答：

——我也不知道，如果我知道了就不會哭了。

如果再安慰他，他會如此回答：

——只要我一走在曠野當中就會想哭。因爲曠野總會讓我想起法典草原中的老家，才會如此哭泣啊！

這個有獨自哭泣毛病的少年，同時也有獨自哭泣的樂趣。他不斷地哭著，相信會感動天地而得到同情和安慰。哭過之後，一切煩惱皆雲消霧散，心情也爲之開朗。

「伊織，這不是伊織嗎？」

「嗯！是伊織。」

有人在他身後說話。伊織用哭腫的眼睛往後頭看。夜空下有兩個逐漸靠近的人影。其中一個騎在馬上，所以比同行的人還要高。

8

「啊！師父！」

伊織連滾帶爬地跑到馬邊，又叫了一聲：

「師父，師……師父。」

他抓著馬鐙大叫。是不是在做夢？他懷疑地望著武藏。然後又看看站在馬旁，拿著手杖的夢想權之助。

「你怎麼了？」

坐在馬背上俯看伊織的武藏，也許是夜光的緣故，臉龐顯得非常消瘦。但是那充滿慈愛的聲音，正是伊織日夜渴望聽到的。

「你爲什麼在這種地方？」

權之助問伊織並將他摟在懷中。

如果剛才沒有哭過，伊織現在可能會痛哭流涕了。月光下，臉上還殘留哭過的淚痕。

「我正想去秩父找師父……」

話未說完，伊織盯著武藏所騎的馬鞍和鬃毛。

「咦？這匹馬……是我騎過來的。」

權之助笑著說：

「這是你的嗎？」

「嗯！」

「我們不知這是誰的馬？看到牠在入間川附近徘徊，以為是上天賜給我們的，便讓疲憊的武藏先生騎乘。」

「啊！一定是神明指引馬跑去接師父的。」

「可是，牠怎麼會是你的馬呢？這種馬鞍只有千石以上的武士才能擁有的呀！」

「這是北條先生的馬匹。」

武藏下了馬。

「伊織，這麼說來，你一直在安房先生的官邸裏，受他們照顧嗎？」

「是的，是澤庵大師叫我留在那裏的。」

「草庵怎麼樣了？」

「村人們已經修補好了。」

「那麼現在回去可以遮風避雨了。」

「師父……」

「嗯！什麼事？」

「您瘦了……為何如此消瘦呢？」

「因爲我在監獄裏坐禪。」

「您如何離開監獄？」

「等一下權之助會慢慢說給你聽。總歸一句，這是上天的保佑！秩父監獄的人告知我無罪開釋。」

權之助一旁補充說道：

「伊織，不必擔心了。昨天川越的酒井家派人來道歉。並說明武藏師父是莫須有的罪名。」

「一定是澤庵大師去拜託將軍的。澤庵大師進城之後，到現在還沒回北條先生家裏呢！」

伊織開始滔滔不絕。

然後又說他遇見城太郎，而且城太郎已經去找生父丹佐衞門。另外阿杉婆曾經到北條家誹謗武藏……伊織邊走邊說，後來講到阿杉婆時，他忽然想起一件事。

「啊！師父，還有一件重要的事。」

他從懷裏拿出佐佐木小次郎的信。

9

「什麼？小次郎的信？……」

雖是仇人，但多年未見，頗覺懷念，況且對方是個可以互相砥礪的對手。

武藏就像得到等待已久的消息一般：

「你在哪裏遇見他？」

他看著發信人的名字，問伊織。

「在野火止的村落裏。」

伊織回答。

「那個可怕的老太婆也跟他在一起。」

「你所說的老太婆是指本位田家的老太婆嗎？」

「對，聽說他們要到豐前去。」

「哦！」

「他們和細川家的武士同行。詳細的情形，應該寫在信上吧！師父，您可要特別小心。」

武藏把信收入懷中，對著伊織默默地點頭。但伊織仍不放心。

「小次郎這個人是不是很厲害？師父跟他有什麼仇恨呢？」

接著又把今天的遭遇全部說出來。

最後，終於回到離開了十幾天的草庵。現在最重要的便是火和食物。雖然夜已深沈，但伊織卻趁權之助在燒火煮水的時候，跑到村裏的農家。

火燒好了，三人圍坐在爐邊。

圍著熊熊的火焰，互訴數日來的離情，武藏平安歸來更是一大喜事。可見人生中如果沒有波濤洶湧，可能無法感受到人生的樂趣。

「咦？」
伊織從武藏的袖口看到他手肘上有幾處傷痕。
「師父，您爲何這麼多傷痕？」
伊織悲傷地皺著眉頭，想看武藏的手肘。
「沒什麼。」
武藏顧左右而言他。
「你餵馬了嗎？」
「是的，我已經餵了糧草。」
「明天得將這匹馬送回北條家。」
「是，天一亮我就去。」
第二天伊織並未睡懶覺。因爲住在赤城的新藏一定會擔心。因此他一起床便跑到屋外。他還沒吃早飯便騎上馬背，立刻奔向武藏野。這時，太陽正好從草原中緩緩昇起。
「啊！眞漂亮。」
伊織勒住馬，以驚嘆的眼神望著太陽，之後又趕緊騎馬回到草庵。
「師父，師父。快點起來！您曾說過想看秩父的日出，現在大太陽正要從草叢中昇起，權之助，你也快點起來瞻仰太陽公公吧！」
「喔！知道了。」

武藏不知從哪裡回了話。他已經起床，在鳥啼聲中散步。聽到伊織說：「我走了！」武藏便循著精神飽滿的馬蹄聲，走出森林，在令人眩目的草原中目送他離去。伊織的影子宛如一隻奔向太陽的火鳥。不久，影子愈來愈小，形成一個黑點，最後熔入燃燒的火焰中。

榮達之門

1

一夜之間，庭院裏積滿了落葉。門房打掃庭院，打開大門，在堆積如山的落葉點上火之後，正在吃早餐。這時候北條新藏已經上完早課，也與家臣練完劍，正在井邊擦拭汗水，順便到馬廐巡視。

「小伙計！」

「在。」

「栗毛昨夜沒回來呢！」

「馬沒回來，那個小孩到底騎到哪裏去了？」

「伊織嗎？」

「小孩再怎麼貪玩，也不可能整夜在外面遊蕩啊！」

「用不著擔心。與其說他是風之子，倒不如說他是曠野之子。他一定是想到原野看一看。」

老門房跑過來向新藏報告：

「少主，有好幾位您的朋友來了。」

「我的朋友？」

新藏走到大門，看到五、六名年輕人。

「啊？」

年輕人向他打招呼：

「你好！」

大家臉上透著清晨的寒意。

「好久不見了。」

「你們一起來的嗎？」

「你身體好嗎？」

「你們也看到了，我身體一直這麼健康。」

「我們聽說你受傷了。」

「沒什麼大礙。各位一早來此，有何貴事？」

「嗯！有點事。」

五、六個人互看了一眼。這些年輕人都是旗下的弟子，有些是儒官的兒子。每個人都出身名門世家。

其中一人是小幡勘兵衛的兵學所的學生，新藏曾經在那裏當過教練，因此在兵學上是新藏的徒弟。

「我們到那邊談吧！」

新藏指著庭院裏正在燃燒的一堆落葉。衆人就圍著火堆而坐。

「天氣一冷，我的傷口就會痛……」

他用手摸摸頸部的傷口。

青年們輪流看著新藏的刀傷。

「聽說是佐佐木小次郎砍傷你。」

「沒錯。」

煙薰得新藏不舒服，便轉過頭沈默不語。

「今天來找你商量的，就是有關佐佐木小次郎的事情……我們昨天才知道，殺死亡師勘兵衛的兒子余五郎的人也是小次郎。」

「我也認爲是他，你們可有證據嗎？」

「聽說余五郎的屍體是在芝區的伊皿子的寺廟後山找到的。經過我們分頭進行調查的結果，發現細川家的重臣岩間角兵衛就住在伊皿子坡上，而佐佐木小次郎便住在角兵衛宅邸的廂房裏。」

「……如此說來，是余五郎獨自去找小次郎。」

「余五郎找他報仇，反而被他殺了。屍體被發現的前一天，花店的老闆曾在附近看到像是他的人呢……一定是小次郎殺了他之後再推到懸崖下的。」

「……」

說到這裏，幾個年輕人想起亡師家的大仇，都悲慟不已。

2

「那麼……」

新藏抬起被火烤得通紅的臉。

「你們來找我商量什麼？」

一人回答：

「找你商量師父家今後的去路，以及如何對付小次郎的計畫。」

其他人也補充說道：

「我們想以你爲主，請你做決定。」

新藏陷入沈思。年輕人又說：

「也許你已經聽說了，佐佐木小次郎已經蒙細川忠利公的任用，目前正要前往藩地。我們師父被他氣死，師父的兒子余五郎又慘死在他手中，而且多數同門兄弟亦被他所蹂躪，我們無法眼睜睜地看著他耀武揚威……」

「新藏，你不覺得這很令人遺憾嗎？小幡門下就這樣因他而垮了。」

有人被煙嗆得咳嗽，落葉的火堆揚起一陣白灰。

新藏依然默不吭聲。最後拗不過同門兄弟情緒激昂的要求。

「我被小次郎砍的傷痕一遇到這寒冷的天氣，就會隱隱作痛，我可說是個羞愧的戰敗者……我已經沒有辦法了，各位到底準備怎麼做？」

「我們想去和細川家商量。」

「商量什麼事？」

「向細川家說明事情的來龍去脈，並要求他們交出小次郎。」

「得到小次郎之後，你們準備怎麼做？」

「我們要砍下他的頭祭祀亡師和余五郎。」

「但是細川家不可能這麼做的。如果我們有能力的話，早就打倒他了。細川家因爲他武藝高超才會招募他，各位去要人，只會助長小次郎的聲勢，細川家更不可能交出這種勇者。而且既然他已經當了家臣，即使是個新人，細川家也不可能交出。不只細川家，任何一家藩所都一樣。」

「如果這樣的話，我們迫不得已只好採取最後的手段。」

「什麼最後的手段？」

「岩間角兵衛和小次郎一行人昨天才啓程。我們如果趕緊追趕，半路便可追上。我們六人以你爲首，你打頭陣，加上我們六個人，再糾合小幡門下義勇兼備的弟子就夠了……」

「你們想在半路截殺他嗎？」

「是的，新藏你也一起來吧！」

「我不願這樣做。」

「什麼？你不願意？」

「我不願意。」

「爲什麼？我們聽說你繼承小幡家的名號，一直想要振興亡師的家名呢。」

「誰也不願意誇讚敵人比自己強，然而在公平的比武之下，我們的劍術絕對敵不過小次郎。即使糾合同門，聚衆襲擊，也只會徒增恥辱罷了……」

「這麼說來，你是要我們忍氣吞聲嗎？」

「不，我新藏也一直掛念著這件事，只不過我認爲應該等待時機。」

「你可眞有耐性。」

有人不屑。

「你這是在逃避。」

也有人謾罵。他們眼見和新藏商量無濟於事，便各自回家去了，只留下新藏和落葉的灰燼。

他們在門口正好碰到伊織抓著馬口輪進入宅內。

3

伊織把馬繫回馬廄。

「新藏伯父。您在這裏啊！」

伊織跑到火堆旁。

「喔！你回來了。」

「您在想什麼？是不是吵架了？」

「爲什麼？」

「剛才我回來的時候，看到幾個年輕武士怒氣沖沖地走出去，他們口中還罵著：『看錯人了！膽小鬼』等等。」

「哈哈！原來是這件事。」

新藏停止笑聲。

「你先來烤烤火吧！」

「我不能再烤火了。我一口氣從武藏野飛奔回來，現在全身好熱呢！」

「你眞有精神，昨夜你睡在哪裏？」

「啊！對了！新藏伯父，武藏師父回來了。」

「我聽說了。」

「什麼？原來您知道啊！」

「是澤庵大師告訴我的，我想他大概已從秩父回到這裏來了。」

「澤庵大師呢？」

「在裏面。」

他以眼示意。

「伊織。」

「是。」

「你聽說了嗎？」

「什麼？」

「是好消息，你師父已經受人重用。眞令人高興，我想他還不知道吧！」

「什麼？你快告訴我，師父要出頭了，到底怎麼回事呢？」

「他將成爲將軍家的老師，一派的劍宗。」

「咦？眞的？」

「你高興嗎？」

「當然高興。那麼您的馬可不可以再借我一次？」

「你要做什麼？」

「我要趕緊回去告訴師父。」

「你不必告訴他，今天閣老會正式發給武藏先生聘書，然後帶著聘書明天到城門口的傳達室，拿到進城許可之後，便可拜謁將軍。所以只要閣老派使者來，我會前去迎接。」

「師父會來這裏嗎？」

「嗯！」
新藏點點頭正要離開。
「你吃過早飯了嗎？」
「還沒。」
「還沒吃啊？快點去吃吧！」
和伊織說完話，新藏原本憂鬱的心情舒緩了不少。雖然他還是掛念憤然離去的朋友，但這已不再困擾他了。
大約過了一刻鐘左右，閣老的使者帶了一封信給澤庵，並告知明日帶武藏到城門的傳達室。
新藏接到那分通知之後，立刻騎上馬，又命令僕人拉來一匹駿美的備用馬，往武藏的草庵去了。
「我來迎接您。」
武藏正好與權之助抱著小貓坐在屋簷下，邊曬太陽邊聊天。
「哎呀！我正想前去向您道謝呢！」
說完，騎上前來迎接的馬匹。

4

武藏才從監獄被釋放出來，就有將軍家兵法師範的榮達在等著他。

不過對武藏而言，他的朋友澤庵、知己安房守以及自己所欣賞的年輕人新藏，竟然都如此熱忱地對待自己這麼一介浪人，令他心中無限感激，更感受到人世間的恩澤。

翌日。

北條父子已經爲他準備好一套衣服，扇子和懷紙。

「這是值得慶賀的日子，你心情歡愉地走馬上任吧！」

早餐時，他們特別爲武藏準備了紅豆飯、烤魚，就像慶祝成人儀式般的心情。

對於此等恩情和澤庵的一片心意，武藏不能只堅持自己的原則和期望。

這是他在秩父的監獄裏經過深思熟慮後決定的。

他在法典草原從事開墾工作將近兩年的期間。親近土地，和農民一起下田工作，他眞正的目的是想要將自己的兵法應用在治國以及政治經綸上——然而，以目前江戶的實際狀況和天下情勢來看，他的理想似乎還無法實現。

豐臣和德川之間的戰爭，看來是無法避免的。人們的思想和人心必須衝破這段渾渾噩噩的暴風期，無論是關東還是大坂獲勝，在全國統一之前，根本無法談及聖賢之道以及治國策略。

在這種情況下，天下隨時可能發生大亂——屆時自己將投靠於哪一方的軍隊呢？

是幫助關東還是投靠大坂？

還是離開城市隱居山林，住在野外，等待天下太平的來臨？

無論如何，若只滿足於眼前將軍家的老師，那自己的雄心大志永遠也無法實現。

武藏穿上正式的禮服，走在燦爛的朝陽下，坐著豪華的馬鞍，雖然一步步地走向榮達之門，但在他的內心，仍存著一分遺憾尚未了結。

「下馬」

高高的牌子上如此寫著。

他已來到傳達室門口。

門口舖著乾淨的沙子還有繫馬的木樁。

武藏在此下馬，立刻有一名官吏和牽馬的小僕人飛奔而來。

「昨日我接到閣老們的通知書，前來拜謁，我是宮本武藏，請代爲轉告。」

今天只有武藏一人前來。他被帶到一個房間等候。

「請在這裏稍候一下。」

房間的紙門上畫了春蘭和小鳥圖。房間非常寬敞，有二十塊榻榻米大。

僕人端來茶水和糕點。

見過這些人之後，就再也沒有人出現。

武藏等了大半天。

紙門上的小鳥不會啼叫，圖畫上的蘭花也沒有香氣。武藏等得不耐煩，開始打哈欠，心煩了。

5

終於有位閣老出現，鶴髮紅顏，看來是位地位頗高的老武士。

「你就是武藏先生嗎？讓你久等了，很抱歉。」

說完，坐下來。武藏一看，原來是川越的城主酒井忠勝。雖然貴為城主，但在這江戶城內只不過是一名官吏，因此身邊只帶一名隨從，也不拘小節。

「我是奉召而來。」

武藏不管對方威風氣派，只是認為對長者必須有禮貌，因此對他行叩拜禮。

「我是作州浪人新免氏的家族，宮本無二齋的兒子，名叫武藏。如今奉將軍之意旨，前來城裏。」

忠勝不斷地點著肥厚的下巴。

「辛苦了，辛苦了。」

然後他帶著苦澀的表情和同情的眼神說道：

「澤庵大師和安房守推薦給你的官職，昨夜因為事情有了變化，暫時取消了。我們對此也不太瞭解，也許事情會再重新考慮。老實說，剛才我們又和將軍開了一次評定會議，最後還是決定，暫時先不考慮任用你。」

忠勝又繼續安慰他說：

「毀譽褒貶乃人世間常有之事，希望它不會影響你的前途。人世間很多事情，不能只看眼前的事情來判斷幸與不幸。」

武藏仍平伏身子。

「是。」

他的身體伏得更低了。

忠勝的話聽來充滿了溫情，使得武藏由衷感激。

武藏在心中自我反省。他只是個普通人，要是順利地擔任官職，成為幕府的一名官吏，也許榮華富貴反而會阻礙他在劍道上的發展，以致年輕的樹木從此凋萎也說不定。

「我已非常明白將軍的意旨，非常謝謝您。」

武藏很自然地脫口而出。他並不覺得這有失顏面，也不覺得諷刺。以他而言，比起當將軍家的老師，他還有一件更重要的任務——這時他似乎從神那邊感受到此任務。

忠勝覺得武藏是個奇特之人。

「聽說你不像一般的武人，而是充滿風雅之趣。眞希望你能有機會展現給將軍看。……對於凡夫俗子的中傷毋須掛懷，甚至要以超然的精神，藉藝術來呈現自己的心靈世界，才是高明的作法。」

「……」

武藏已經瞭解忠勝的意思。

「我得走了。」

忠勝說完離席。

忠勝不斷重複說著毀譽褒貶以及俗人中傷、誹謗等事——武藏瞭解他是在暗示自己別管這些閒言閒語，只須表現出武士的節操。

「對了，不能讓自己的尊嚴掃地，也不能使推薦我的朋友沒面子。」

武藏看見房間角落有個純白的六曲屏風。他叫傳達室的小僕人來，說是奉酒井之意要在屏風上留話，小僕人拿來最好的筆墨、朱砂以及少許的藍色顏料。

6

幾乎每個人在小時候都喜歡繪畫。畫畫就像唱歌一樣，長大成人之後就中途而廢了。

武藏小時候也經常繪畫。他的生長環境極為孤單，更使他迷上繪畫。

可是，在他十三歲到二十歲之間幾乎忘了畫畫一事。之後，他遊走各地，到處修行，經常住宿在寺院或達官顯貴的宅邸裏。那時候，他經常看到客廳的掛軸和壁畫，接觸這些壁畫的機會很多，即使沒有畫圖，卻又燃起了對圖畫的興趣。

曾經有一次——

在本阿彌光悅的家裏，看到梁楷的松鼠落栗圖。畫風淳樸，卻充滿高貴氣質。那種水墨筆法畫，在在令他難以忘懷。

大概是從那時候開始，武藏再度親近繪畫。

不管北宋、南宋的稀世作品，以及東山殿一帶的名家之國畫，還有現代畫的代表狩野家的山樂和松友等人的作品，只要有機會武藏都會前去觀賞。

作品當中當然有他喜歡和不喜歡的。梁楷豪健的筆法，從劍的觀點來看，讓人感受到巨人的力量。海北友松雖然是個武人，但他晚年的節操以及他的繪畫都足以令人敬拜爲師。

另外在洛外的龍本坊有一名隱士雅人，叫做松花堂昭乘，他淡然的即興式繪畫，非常吸引武藏。又聽說他是澤庵的深交，更讓武藏仰慕不已。然而武藏自己所走的道路，與這些賢達雅士相去太遠。雖然最終大家都是仰慕同一個月亮，然而武藏卻覺得自己離繪畫的世界太遙遠。

偶爾，雖然他並未公開他的畫，但也經常試著畫畫看，但還是畫得不好。成人之後，徒增智慧，卻無法隨興提筆。一心只專注於繪畫的技巧而無法流露出眞正的情感。

後來他心生厭煩，便不再繪畫了。有時興致一來，仍會背著別人暗中習畫。

他曾經模仿梁楷，仿效友松，有時則學習松花堂的畫風。雖然他曾將雕刻作品給兩、三個人看過，可是圖畫卻未曾昭示他人。

「……好！」

現在他在六曲屛風上一氣呵成地完成一幅畫。

就像比武之後——鬆了一口氣，他靜靜地放下畫筆，對於剛才自己所畫的圖，看也不看一眼，便離開了傳達室。

門——

武藏跨過氣勢宏偉的大門時，猛一回頭又看了一眼這座宅邸。

入門時這是騰達之門。

出門時它是榮光之門。

人已離去，只剩墨跡未乾的屏風。

武藏在屏風上畫下武藏野之秋。朝陽代表武藏一顆赤忱之心，故而塗成朱紅色。其餘則用墨水濃淡來表現秋天空曠的原野。

後來酒井忠勝坐在屏風前，拱手觀畫，沈思良久。最後他嘆了一口氣說：

「哎！縱虎歸山了。」

天音

1

武藏不知想起何事，那一天他離開城門之後，並未回牛込的北條家，而逕自回武藏野的草庵去了。

留在草庵的權之助看到武藏回來，說道：

「喔！你回來了。」

他連忙快跑出去抓住馬口輪。

異於平常，武藏穿著正式的禮服，騎在華美的螺鈿鞍上。權之助以爲武藏今日進城已辦妥任職之事，便說：

「恭喜你了……是不是明天上任呢？」

武藏坐下來，權之助也坐在他身邊。

武藏笑著說：

「不，我的職位被取消了。」

「什麼？」

「你該爲我慶幸，權之助，是今天剛取消的。」

「哎呀！我眞不敢相信，到底是爲什麼？」

「不必追根究柢，問了也白問，應該說這是天意吧！」

「可是……」

「連你都認爲我的騰達只限於江戶城嗎？」

「……」

「雖然我也曾經抱持一分野心，只不過我的理想並不在地位和俸祿。或許別人會覺得我傻，但我一直在思索以劍道之心得來治理政道。劍道的心得難道無法立下治民之策嗎？劍和人倫、劍和佛道、劍和藝術，如果視這些爲同一條道路——那麼劍的眞髓便能與政治精神達成一致。以前我一直深信如此，希望能實現這個理想，才會想要當一名幕士。」

「一定有人去中傷，眞可恨！」

「你還耿耿於懷嗎？別胡思亂想，我雖然有過從政的野心，之後，尤其是今天，整個人豁然開朗，才覺悟到自己的理想根本就像一場夢。」

「不，沒這回事，我也認爲良好的政治與高操的劍道，在精神上應該是合而爲一的。」

「話雖如此，但這只是理論，不切實際。學者所研究的眞理，不一定與世俗中的眞理互相吻合。」

「這麼說來，我們所追求的眞理，實際上對社會並沒有用處嘍？」

「胡說。」

武藏有點氣憤。

「只要國家存在，無論世局如何變化，劍道就是我們精神所繫──怎會是無用之技呢？」

「……嗯。」

「唯有仔細思考之後，才瞭解政治之道並非僅靠武力。唯文武二道兼備的環境才有完美的政治，也才能發揮最大的劍道精神。因此，我在這條路上可說仍是乳臭未乾，還是幼稚的夢想罷了。我自己應該謙虛為懷，先研究文武二道的精神。在治理社會之前，得先向世間學習才行……」

武藏說完之後，露出微笑。猶如自我解嘲一般。

「對了，權之助，有沒有硯台？順便借我一支筆。」

2

武藏寫了一封信。

「權之助，勞駕你跑一趟。」

「是要我送信到牛込的北條家嗎？」

「沒錯。我在信中說明了我的心意。也請你代我問候澤庵大師和安房守。」

武藏繼續說：

「對了，我還要拜託你把伊織寄放在我這裏的東西交還給他。」

武藏將東西與書信交給權之助。權之助一看，原來是伊織託武藏保管的父親遺物——一個舊錢袋。

「師父。」

權之助覺得奇怪，他跪著向前靠近武藏：

「您是否做了什麼決定？爲何連伊織託您的東西也要送回呢？」

「我想暫時離開所有的人，在山裏獨居。」

「我和伊織是您的弟子。無論您上山下海，我們都要跟隨在您身邊。」

「我不會離開太久。兩三年之間，我要拜託你照顧伊織。」

「……難道您要隱居嗎？」

「怎麼可能——」

武藏笑著伸長了腳，把手撐在地板上。

「我還是乳臭未乾的階段，怎可能隱居。我還有偉大的志向和很多欲望，但是迷惑也不少。這讓我想起不知是誰的歌曲來。」

愈是接近

人住的鄉里

就愈想要

武藏在口中吟唱著。

權之助垂首聆聽，然後將武藏委託的東西收入懷中。

「天快黑了，我得趕緊走了。」

「嗯！順便把我借來的馬送回去。衣服已被我穿髒，我就直接收下了。」

「這我會轉告的。」

「本來今天我離開城門之後應該直接到安房守的官邸。但因任職一事已經取消，將軍想必是對我武藏有所懷疑，而安房守乃將軍手下之一，我必須避免再與他有密切的往來。有此顧忌所以我才會直接回草庵。這件事我並未寫在信上，請你轉告。」

「我知道了……無論如何，我今夜一定會趕回來。」

紅紅的夕陽已臨野地之盡頭，即將西沈。權之助抓著馬口輪，急忙趕路。因爲這匹馬是借給師父用的，所以他不騎。雖然四下無人也沒人看到，但他還是牽著馬疾走。

權之助到達赤城時，已經晚上八點了。

爲何武藏尚未回來？

北條家的人正在擔心。恰好權之助送信來，澤庵立刻打開信函。

3

在權之助尚未送信來之前，席上的人已經得知武藏官職被取消的消息。一名幕閣透露武藏之所以被取消資格，主要是因爲閣老以及縣府方面將一些不利於武藏的消息呈報給將軍家。

其中導致武藏被否決的主要原因是：

——樹敵衆多。

而且傳言都說錯在武藏，尤其長年辛苦找他報仇的竟然是一名年約六旬的老太婆。大家聽了之後，都對老太婆非常同情，所以才會反對任用武藏。

大家正納悶爲何會產生這種誤解時，北條新藏這才透露：有位老太婆曾經來家門口說了很多武藏的壞話。

他這才告訴父親和澤庵，他們不在的時候本位田家的老太婆曾來家裏誹謗武藏。

大家這才恍然大悟。

但令人不解的是爲何衆人會相信老太婆的片面之詞。若是一般酒店的人或是水井邊的人會相信也就罷了。但是具有相當地位的官吏竟也採信老太婆的話，這使大家難以置信，半天說不出話來。

權之助送來武藏的信函，大家認爲信上一定寫了憤恨不平的話，不料，信上只寫著：

詳細的情形，我已託權之助代爲轉達，目前我的內心猶如一首詩歌所云：

越是接近
人住的鄉里
就越想要
到深山裏去

最近，我覺得這首歌非常有趣，再加上我的老毛病又犯了，想到處雲遊。下面這首詩歌，便是我決定出門前的即興小作，敬請笑納：

如果
把庭院
當做乾坤
我猶如住在浮世中的
一戶人家

另外，權之助也代傳武藏的話：

「本來武藏先生出城門後，理應先回這裏，向您稟報事情始末。但因幕閣人員對武藏先生已起疑心，因此無法公然再出入貴府。才直接回草庵。」

北條新藏和安房太守聽了之後都覺得非常惋惜。

「武藏太客氣。如果就這樣結束，我們總覺得心裏有個疙瘩。澤庵大師，即使請他，恐怕他也不願意前來。倒不如我們騎馬到武藏野去拜訪他。」

說完，正要起身。

「啊！請等一下。我也要一起回去。但是師父託我拿了一件東西要還給伊織。可否叫伊織出來。」

權之助說完，從懷裏拿出一個舊錢袋。

4

伊織來了之後問道：

「什麼事？」

他很快就看到自己的舊錢袋。

「師父把這個還給你。聽說這是你父親的遺物，師父要你妥善地保管。」

權之助並告訴伊織：短時間內師父將出遊修行，你以後就跟我一起生活。

伊織有點不服氣。

但他看澤庵和安房守都在身旁。

「好、好吧！」

他只好勉強地點點頭。

澤庵聽到舊錢袋是伊織父親的遺物，便詢問伊織的身世，知道伊織的祖先是最上家的舊臣，代代都名爲三澤伊織。

不知是在幾代前，家道開始中落，戰亂中一族離散，漂泊異地，到了父親三右衛門時，終於在下總的法典草原獲得田地，在此務農居住。伊織又說：

「只有一點我不清楚，聽說我有一個姊姊，但是父親從未吐露詳情。母親也早逝。現在不知道這個姊姊人在何處，生死未卜，音訊渺茫。」

澤庵聽了伊織率直的回答，覺得從舊錢袋裏一定可找到蛛絲馬跡。便拿出裏面一封陳舊的書信和護身符，仔細地閱讀，看完之後很驚訝地看著伊織。

「伊織，你的父親三右衛門在信上似乎寫了有關你姊姊的事。」

「雖然寫了，但是我和德願寺的住持都看不懂。」

「我可看懂了……」

澤庵將信攤開念給大家聽，文章大約數十行，澤庵略掉了前面的部分。

——無論再怎麼饑餓，也絕不侍奉二君。因此我們夫婦長年顛沛流離，做卑微的工作。有一年，流落到中國地區的一座寺廟，不得已將女兒留下，並留一支祖傳的笛子『天音』在襁褓嬰兒身上，祈禱神明保佑，慈悲之人能照顧這個孩子。之後，我們又漂泊至他鄉。

最後來到下總草原，蓋了茅屋，並開墾田地。我們長年累月無不思念女兒，奈何山河阻隔，毫無音訊。雖擔心女兒之幸福，卻也無可奈何，只能任由歲月流逝。

為人父的我非常悲傷，鎌倉右大臣曾經唱過：

雖然禽獸無法言語
但也有憐憫之心
疼愛自己的孩子

孩子啊！可別侍奉二君。可別為了爭名奪利，而有辱武門。可別愧對祖先啊！如此才是我的好孩子。要珍惜名節，千萬別為了五斗米而折腰啊！

「伊織，你一定能見到你姊姊。我年輕的時候便認識你姊姊。武藏也認識她。伊織你也一起去吧！」

澤庵說完便站起來。

那一夜，大家急忙趕到武藏野的草庵，卻已是人去樓空。

這時，天即將破曉，原野上只見一朵白雲，悠然地飄在天空上。

本冊完

國家圖書館出版品預行編目資料

宮本武藏／吉川英治著；劉敏譯. -初版. -
- 臺北市：遠流, 1998
冊；　公分. --(小說歷史；100-106)

ISBN 957-32-3437-8（一套：平裝）
ISBN 957-32-3438-6（第一卷：平裝）
ISBN 957-32-3439-4（第二卷：平裝）
ISBN 957-32-3440-8（第三卷：平裝）
ISBN 957-32-3441-6（第四卷：平裝）
ISBN 957-32-3442-4（第五卷：平裝）
ISBN 957-32-3443-2（第六卷：平裝）
ISBN 957-32-3444-0（第七卷：平裝）

861.57　　　　　　　　　　87000868